Mord & Co. – ganz delikat

von

Peter-Wolfgang Klose

Privat gedacht – für Jedermann zu lesen
zum Nachkochen nicht empfohlen

Für alle Freunde, die mir mit Mordideen geholfen haben

Bibliografische Information der Deutschen Nationalbibliothek

Die Deutsche Nationalbibliothek verzeichnet diese Publikation in der
Deutschen Nationalbibliografie; detaillierte bibliografische Daten sind im
Internet über http://dnb.d-nb.de abrufbar.

Herstellung und Verlag:
BoD-Books on Demand, Norderstedt
ISBN: 978-3-7322-8133-6

Mordshunger

Macho zu sein, fiel ihm nie schwer. Er hatte einen super durchtrainierten Körper, schwarze, etwas längere, gelockte Haare und blitzblaue Augen. Dazu die natürliche, und Dank der Sonnenbank, andauernde Bräune. Vom Alter her war er schwer einzuschätzen. So 30 bis 40 Jahre alt vielleicht. Welche Frau konnte ihm widerstehen? Seine Anzüge suchte er sich in Düsseldorf oder in Leipzig heraus. Sie konnten gar nicht zu teuer sein. Sein Pass lautete auf Lothar Müller, doch er nannte sich Henry de Villon, alte Hugenottenfamilie. Auch das wirkte gut auf jedes weibliche Wesen. Mitunter machte er auf schüchtern, dann wieder auf leger oder depressiv. Damit weckte er die mütterlichen Gefühle bei den Damen. Von Beruf hätte er durchaus ‚Frauenmörder' angeben können. Er war reisefreudig und deshalb hatte man ihn bis jetzt auch noch nicht gefasst. Er hatte nur zwei Sachen im Kopf: Geld und Rache an den Frauen, denn seine Mutter war mit dem Vermögen des Vaters durchgebrannt und hatte nur Schulden hinterlassen. Für ihn gab es nur folgende Reihenfolge: kennenlernen, verführen, betäuben, erwürgen, entsorgen.
Bei seiner Auswahl überlegte er genau. Hübsche Frauen fielen auf. Da machten andere Leute Fotos, wenn sie in so toller Begleitung unterwegs waren. Lieber die brave, schüchterne und unauffällige, die Sitzengebliebenen, wie seine Mutter einst. Die waren dankbar für jede Aufmerksamkeit.
Seine kürzeste Errungenschaft hatte nur drei Stunden gedauert. Seine längste fünf Dates, bis er zum Zuge kam. Henry oder Lothar legte es nicht darauf an, dass sein bester Freund zum Zuge kam. Ihm genügte es, die Damen heiß zu machen. Und darin war er Spitze. Damit hatte er noch nie eine Frau enttäuscht. Seine Angelplätze, wie er es nannte, waren Veranstaltungen, die mit ‚Ü30' bezeichnet wurden. Hier lag der Frauenanteil bei gut 70 Prozent. Bei der Ankündigung ‚Damenwahl' verzog er sich auf die Toilette, um dann zurückzukommen, wenn der Tanz gerade angefangen hatte. Dann

forderte er die zurückgebliebenen Damen auf, denen man ansah, dass der Schmuck, den sie trugen, durchaus echt war. Mit Modeschmuck hatte er es nicht so.

Galant verbeugte er sich, säuselte seinen Namen und griff sich die Hand, um sie dann mit sanften Lippen zu küssen. Die sanften Lippen waren die Folge einer guten Lippencreme. „Darf ich um diesen Tanz bitten, Gnädigste?" hauchte er ihr entgegen. Der Pfefferminz tat sein Übriges.

Er konnte jeden Tanz, ob Walzer oder Tango. Dabei drückte er die Frauen an sich und begann seine Standardgeschichte. „Hugenotten, Preußen, Krieg, Gut verloren, klein wieder angefangen, jetzt Reiterhof bei Warendorf. Nichts Besonderes, nur ein paar Zuchtpferde. Zu Besuch bei Kunden, heute am Abend alleine und deshalb hier." Blablabla, die Damen glaubten es immer. Entweder ging es dann zu den Damen oder man verabredete sich für den nächsten Tag. Bis jetzt hatte es acht Mal funktioniert.

Auch die Rotweinnummer funktionierte immer, na ja, fast immer, einmal war er an eine trockene Alkoholikerin geraten, die keinen Rotwein trinken wollte. Im passenden Augenblick die K.O.-Tropfen in das Glas gegeben und dann gesehen, wie die Damen in seine Arme sanken.

Er liebte diese starken blauen Müllsäcke, die es im Baumarkt gab. Da passten seine Opfer genau hinein. Wo die nächste Mülldeponie war, wusste er auch immer und der Rest war eine Fahrt im Leihwagen.

Ellen war ganz anders als Henry. Und heute war Ellen sein Opfer. Ellen war Buchhalterin bei einer Steuerkanzlei. Ihr Sexualleben war so trocken, wie die Zahlen, mit denen sie zu tun hatte. Und jetzt hatte sie dieses Glück. Einen solchen Mann schickte der Himmel. Sie war noch nie in Berlin-Mitte auf einer ‚Ü30 Party' gewesen. Die Stadt war ja auch so groß. Ellen wollte Henry eigentlich gar nicht zum Tanzen auffordern, doch dann kam er selbst – trotz Damenwahl. Aber er kam wohl von der Toilette und hatte die Ankündigung nicht gehört. Die nächsten drei Tänze waren ein Traum. Immer wieder küsste er dezent ihren Hals. Der kurze Dreitagebart kitzelte so

4

schön. Dann hatten sie noch eine Flasche Sekt getrunken, die sie sich bei der Bezahlung teilten. Ellen wollte es so. Aber das Schönste war die Verabredung für den nächsten Abend. Ellen hatte ihn zu sich gebeten und am nächsten Morgen in der Firma angerufen, dass sie krank sei. Sie musste ja schließlich putzen und kochen. Apropos Kochen. Sie kochte eine gute preußische Kartoffelsuppe. In Erinnerung an Friedrich den Großen und das Gut derer von Villon in Ostpreußen. Wie hieß der Ort noch gleich? Ach ja ‚Adlig-Milchbude'. Sie hatte im Internet nachgesehen. Diesen Ort gab es wirklich. Also diese preußische Kartoffelsuppe wurde mit Kartoffeln, Zwiebeln und Hühnerfond hergestellt. Dazu bereitete sie Mini-Königsberger-Klopse zu. Aus frischem Kalbfleisch. All ihre Liebe und Kochkünste steckten in diesem anscheinend einfachen, aber sehr schmackhaftem Gericht.

Der Tisch war traumhaft gedeckt. Stilvoller hätte es nicht sein können. Henry klingelte und als die Tür geöffnet wurde, zog er seine Handschuhe aus und überreichte ihr einen Blumenstrauß, dessen Folie er heruntergezogen hatte. Rote Rosen, ein halbes Dutzend, langstielig. Die Flasche Rotwein war auch mit dabei. Chateau Lafitte Rothschild. Er übergab seinen Mantel der Hausherrin und reichte ihr dann die Blumen und die Flasche, die Ellen lächelnd entgegen nahm.

„Ich habe etwas Einfaches gekocht. Eine preußische Suppe mit petit-Königsberger-Klopsen." Ellens Stimme zitterte vor Vorfreude. „Das Geschirr ist von KPM, es hat einmal einer preußischen Prinzessin gehört. Meine Großtante war Kammerzofe bei ihr gewesen und bekam es zur Hochzeit geschenkt. Es ist noch fast vollständig. Aber kommen Sie doch bitte ins Esszimmer."

Henry schätzte die Werte mit einem Blick ein. Die silbernen Leuchter waren alleine schon was wert. Der Teppich war nicht echt, das sah er sofort. Aber die goldene Uhr unter dem großen Spiegel auf dem Kaminsims war wertvoll. Der Schmuck war sicher im Schlafzimmer zwischen der Wäsche. Er kannte sich aus.

Ellen bot ihm einen Platz ein. Er nahm dankend an. Aus der Küche kam ein herrlicher Duft. „Darf ich Ihnen erst einmal einen Aperitif anbieten? Möchten Sie einen Sherry oder lieber einen Jahrgangsport 2002er."

„Ich nehme gerne den Portwein. Aber bitte mit Eis, wenn Sie haben."

„Gerne doch, mein Lieber."

Ellen trug nicht nur den Portwein auf, sondern auch die Suppe. Das Eis klingelte im Glas, als Henry den Portwein ein wenig umher schwang. Ellen nippte nur kurz am Port 2002.

„Die Suppe riecht aber wirklich sehr gut." Henry wollte möglichst bald seinen Plan umsetzen. Aber die Suppe roch wirklich verführerisch. Ellen hatte die Klöpschen in einer kleinen Schüssel liegen. Mit einer silbernen Suppenlusche gab sie zwei Ladungen voll in die königlichen Suppenteller. „Möchten Sie drei oder vier Klöße, lieber Henry?

„Die sehen so lecker aus, wenn ich vier Stück haben könnte?" Hellen gab die Klöße einzeln in die Suppe. Eins, zwei, drei, vier. „Bon Appetit." flötete Ellen ihrem Besuch entgegen. Sie selbst nahm sich nur eine Kelle Suppe – ohne Königsberg Klopse. War sie Vegetarierin, fragte sich Henry?

Er zerdrückte sich eines der Fleischbällchen mit der Zunge am Gaumen. Ein ganz eigener Geschmack. „Darf ich noch etwas Pfeffer haben, bitte?", fragte Henry höflich. Irgendwie flackerten die Kerzen so merkwürdig.

„Aber sehr gerne, ich hole die Menagen eben aus der Küche." Ellen umrundete den Tisch und ging in die Küche die Gewürze holen.

Das nutzte Henry, obgleich im irgendwie flau war. Der Portwein auf nüchternen Magen war wohl nicht so gut gewesen. Er goss die K.O.-Tropfen in Ellens Glas, und als Ellen zurück aus der Küche kam, goss er den Rotwein ein. „Damit er noch atmen kann", meinte er leicht lallend.

„Ja, er soll atmen! Schmeckt die Suppe denn?" Sie reichte ihm die Pfeffermühle. Dann zerbiss er das zweite Klöpslein. Irgendwie verschwamm ihm alles vor Genuss vor den Augen. Dann trat ihm Schaum vor den Mund. Er zuckte kurz und dann konnte Ellen nur mit einem festen Griff verhindern, dass er mit dem Gesicht in die Suppe fiel.

Man sah ihr wirklich nicht an, dass sie früher einmal Gewichtheberin gewesen war. Deshalb war es nicht allzu schwer für sie, den widerlichen Typen zu entsorgen. Wozu doch die blauen Müllsäcke gut sind, die sie immer parat hatte. Auch er würde in der alten Sickergrube Platz finden. In siebzehn Jahren hatten sich jetzt ein Dutzend Kerle zum Stelldichein dort eingefunden. Henry war die Nummer 12.

Jetzt musste sie nur noch alles gut abwaschen, die Klopse den Ratten in der Toilette vorsetzen und dann war alles wie vorher.

Hätte Daniel damals nicht den Fehler gemacht sie in der Tanzstunde sitzen zu lassen würden heute mehr Menschen auf der Welt leben. Menschen, die Stil und Etikette noch beherrschten, oder doch nicht?

Ostpreusiche Kartoffelsuppe

1 große Zwiebel, 2 TL Schmalz, 750 g geräucherter durchwachsener Speck, 1 kg mehlig kochende Kartoffeln, 1 große Portion Suppengemüse, † Körner Piment, $\frac{1}{2}$ Lorbeerblatt, 1 Ring Fleischwurst, 125 ml Schmand, 1 TL Senf, Salz, Pfeffer, 1 Prise Zucker, 1 Bund Petersilie

Die Zwiebel in Scheiben schneiden, in etwas Schmalz leicht anbräunen. Den Speck mit $\frac{3}{4}$ l Wasser bedecken, etwa 30 Minuten kochen lassen.

Dann die geschälten und gewürfelten Kartoffeln und das grob geschnittene Suppengemüse mit der Zwiebel, den Gewürzkörnern und dem Lorbeerblatt hinzufügen, später die Fleischwurst. Wenn alles gar ist, Wurst und Speck herausnehmen, in Scheiben, bzw. Würfel schneiden, die Suppe durch ein Sieb rühren und wieder aufkochen lassen. Wurst und Speck wieder beigeben, Schmand und Senf unterrühren, mit Salz, Pfeffer und Zucker würzen. Mit viel gehackter Petersilie bestreuen.

Statt der Wurst kann man auch kleine Königsberger Klopse beigeben.

Königsberger Klopse

500 gr Hackfleisch vom Rind. 1 Ei, 1 altbackenes Brötchen, 1 große Zwiebel, 1 $\frac{1}{2}$ EL Öl, 1 Prise Salz, 1 Prise Pfeffer, 50 gr Butter 50 gr Mehr, 375 ml Brühe, 250 ml Milch, 1 EL Kapern, 2 EL Essig, Zucker nach Geschmack

Zwiebeln in kleinste Würfel schneiden, Brötchen in lautwarmen Wasser einweichen und ausdrücken, zusammen mit den Eiern, dem Salz, Pfeffer und dem Öl zum Hack geben und gut vermengen. Mit TL Hackmischung entnehmen und Klöpschen daraus drehen und auf separaten Teller legen. Für die Mehlschwitze Butter in einem Topf schmelzen lassen und das gesiebte Mehl langsam dazugeben und unter ständigem Umrühren leicht bräunen lassen. Nun die Brühe dazugeben und sehr langsam aufkochen lassen, dabei wird mit ständigem Umrühren die Milchen hinzugegeben. Dann mit Essig und Zucker abschmecken. Bei Bedarf Salz und Pfeffer. Zum Schluss die Kapern mit etwas Flüssigkeit hinzugeben. Separat servieren.

Das bibliophile Trio

Rosi, Jeanette und Bärbel sitzen gerne im Rund des Cafés. Sie trinken Cappuccino, Kaffee schwarz und heiße Schokolade. Fast täglich sitzen sie so zusammen, nachdem der Haushalt erledigt wurde und die nötigen Einkäufe erledigt waren. Unterschiedlicher als unsere drei Freundinnen hätten Menschen kaum sein können.

Rosi, die immer gut gekleidete, mit sorgfältig onduliertem Haar, welches sie, je nach Laune, auch schon blau schimmernd getönt und kurz geschnitten trug, mochte Süßigkeiten, Kuchen, auch hin und wieder ein Likörchen. Sie lebte in guten Verhältnissen, jedoch alleine, was sie mitunter melancholisch stimmte. Ihr Markenzeichen war ihr entzückender Dialekt, der ihre Herkunft verriet. Sie war nicht gerne alleine. Aber wozu hat man ja Freundinnen, die praktischerweise gleich Nachbarinnen sind.

Jeanette war, im Gegensatz zu Rosi, stets auf Ihre Linie bedacht. Rosi braucht das ja nicht, sie setzte einfach nicht an, obwohl sie eigentlich immer etwas zu sich nahm. Jeanette mochte auch Likör, war aber bodenständig und von Diabetes mellitus geplagt. Hin und wieder besuchte sie ihr Sohn, den sie dann bekochte. Und davon verstand sie was. Sie hatte früher ‚in Lebensmitteln‘ gearbeitet, wie sie es nannte, und war beim Einkauf deshalb auch sehr kritisch. Sie frotzelte Rosi gerne, weil die ja alles essen konnte, ohne auch nur ein Gramm zuzunehmen. Dabei freute sie sich immer über die Reaktionen, die sie auslöste. Ihre Bemerkungen waren ausgefeilt, aber nie gemein oder bösartig.

Und dann war da auch noch Bärbel. Verheiratet, früher selbstständig und gern mit Partner in der Welt unterwegs. Wenn Sie ihre Brille trug, sah sie gerne darüber hinweg, sodass man sich fragte, warum sie sie überhaupt trug.

Seit einigen Wochen war es langweiliger geworden im Rund des Cafés. Die ‚Wahnsinnige‘ fehlte, die mit irrem Blick ihre Opfer anstarrte. Der kleine, dicke Krimiautor ließ sich nur selten blicken und auch Herr Schulz schaute immer nur kurz vorbei. Selbst im Sandbecken von ‚Ying&Yang' herrschte Langeweile. Der blaue Hirsch hatte nach Weihnachten das Weite gesucht und jetzt grinsten noch vier Kunstgrashalme die Besucher an. Es war so langweilig, dass selbst die Kinder nicht mehr darin spielten.

Doch halt, etwas hatte sich geändert. Seit Silvester, seit dem Krimidinner. Die Damen hegten auf einmal mörderische Gedanken. Sie malten sich allerlei Todesarten aus, mit denen man unliebsame Zeitgenossen dezent entfernen konnte. Mit diebischer Freude ging die Fantasie immer wieder mit ihnen durch. Und je älter der Januar wurde, um so delikater wurden ihre Mittel und Wege der Bevölkerungsexplosion Herr zu werden.

Es war ein schrecklicher Tag. Der Himmel hatte kein Erbarmen und ergoss Wasserfälle von Regengüssen über Köln. In einer Wolkenbruchpause hatten sich die drei Freundinnen auf den Weg gemacht. Sie kamen trocken an und gingen schon fast mechanisch zum Café in der Buchhandlung.

Bärbel hatte so eine Andeutung gemacht. Sie habe da was Köstliches. Gott sei Dank hatte sie nicht das Wort ‚putzig' gebraucht, obgleich es doch gepasst hätte.

Ein Kaffee schwarz, ein Cappuccino und eine heiße Schokolade füllten sich jeweils in die Tassen des Kaffeeautomaten. Rosi hatte ein paar Plätzchen mitgebracht und legte sie auf einer feinen Serviette auf den Tisch. Jeanette spendierte ein Fläschchen ‚Kommissar Steins Tatorttropfen' und zog dazu auch die passenden Schnapsgläschen aus der Tasche. Dann holten sie sich ihre Bücher, über die sie sprechen wollten. Bärbel ein Kochbuch für junggebliebene Rentner, Rosi ein Buch über das Leben Friedrich des Großen und Jeanette ein Computerbuch für Senioren, weil sie etwas darüber gehört hatte.

Niemand hatte die Aktion gesehen, die alle drei abgeliefert hatten. In einem Stoffbeutel hatten sie drei Tücher, die sie in Plastikbeutelchen gesteckt hatten. Eines davon war mit einem Kontaktgift behaftet. Sie achteten peinlich genau darauf, dass sie nicht mit den Tüchern in Berührung kamen. Mit der Plastiktüte konnte man sie gut festhalten. Wer das Tuch mit dem Gift hatte, wusste niemand von ihnen. Jede fuhr mit dem Tuch vorsichtig über die Vorderseite ihres Buches, dann brachten sie es wieder dahin zurück, wo sie es hergeholt hatten. Statt dessen nahmen sie ein anderes Buch mit zurück zum Kaffeetisch. Sie freuten sich wie die kleinen Kinder auf den Menschen, der sich gleich fürchterlich jucken und winden würde, weil er mit dem Gift in Kontakt gekommen war. Sie würden Ihren Spaß haben und erschüttert das arme Opfer betrachten, welches sich wie ein räudiger Hund juckte und zuckte.

Ganz bewusst sahen sie nicht in die Richtung ihrer Bücher, sondern unterhielten sich. Man würde das Opfer schon hören können, denn dieser Juckreiz war schrecklich und schrie förmlich nach unflätigen Flüchen. Bärbel wusste als ehemalige Apothekerin eben gut Bescheid.

„Hallo meine Damen, wie geht's, wie steht's?" Der Krimiautor nahte und legte drei Bücher vor sich hin. „Ich hab mal was für Sie herausgesucht. Ich hoffe, ich habe Ihre Interessen getroffen."

Wie enttäuscht war er, dass keine der Damen auch nur eines der Bücher in die Hand nahm. Als sie gingen, lagen die Bücher immer noch auf dem Tisch. Draußen regnete es wieder, als ein Rettungswagen mit Blaulicht beim RheinCenter vorfuhr.

Port

Für ihn war es immer ein Genuss. Er inhalierte ihn fast mehr, als das er ihn trank. Gut, das tat er auch, in Maßen, nicht in Massen. Trotzdem, er hatte ein ganze Sammlung von Portwein da. Den Einfachen vom Supermarkt, der aber nicht schlecht war, den er gerne zum Abendbrot trank, den Besseren, den er bei Mozart oder Brahms genoss und den Jahrgangsport der großen Jahrgänge, den er alleine trank, mit geschlossenen Augen, mit bebenden Nasenflügeln und mit aufgestellten Geschmacksnervenenden im Gaumen.

Da konnte ein guter Schluck genüsslich im Munde vorgewärmt immer wieder über die Zunge rollen. Die Backen wurden getränkt und schoben den Schluck wieder über den Gaumen zurück vor die Schneidezähne, durch die er frische Luft einzieht, um auch noch den versteckten Genuss herauszukitzeln.

Diese Momente waren immer Glücksmomente für ihn. Sie erinnerten ihn an die Geborgenheit im Mutterleib, an frühe Kindheitstage in warme Decken gewickelt, an den ersten Kuss und an die sanften Augen seiner Großmutter. Rehbraun waren sie gewesen.

Wenn dann noch die Kerze im leichten Zugwind flackerte, dann waren die Momente perfekt, dann meldete sich sein Seele und bedankte sich dafür, dass sie wieder einmal zufrieden auftauchen durfte.

Deshalb lud er auch die Erbtante ein, die mit dem Vermögen, von dem alle nicht wussten, wie groß es war. Von dem man aber wusste, dass es reichte, auch für die nächsten Generationen. Seit er das als Kind erfahren hatte, war es seine Erbtante, um die er sich kümmern musste. Und sie liebte ihn. Sie kam also gerne.

Es wurde ein schöner Abend, der mit Port begann.

Er liebte diese Momente – bis zum letzten Schluck, zum letzten Atemzug - auch den der Tante.

Vorbei

Da glaubst Du bald selbst: jetzt ist es vorbei.
Doch irren ist menschlich,
denn der nächste Schuss knallt schon wieder.
Welcher Schuss?
Ja, es klingt fast so, wenn Du es in letzter Sekunde noch geschafft
hast.
Geschafft auf den - an sich - stillen Ort zu kommen.
Auf einmal hattest Du dieses Grimmen im Bauch,
dann dieser Drang,
dann dieser Schuss.
Durchfall!
Nein, nicht jetzt, ich wollte doch weg!
Aber dein Bauch will nicht mit.
Immer, wenn du gerade aufstehen willst,
kündigt sich der nächste Urknall an.
Jetzt, am dritten Tag, fragst Du dich, wo das noch herkommt?
Du isst nur noch Zwieback, Salzstangen oder gar nichts.
Trinkst Tee oder Wasser – und hoffst, dass es lange in dir bleibt.
Irrtum!
Es ist gleich wieder durchgesaust.
Wenn es doch nur endlich aufhören würde!
Gerade hast du ein wenig Rinderbrühe zu dir genommen,
mit Zwieback und gutem Wünschen auf Besserung.
Du staunst, denn es fühlt sich besser an.
Am nächsten Morgen geht es Dir wieder gut.
Der Drang ist weg, die Bauchschmerzen auch.
Es geht wieder aufwärts.

Orakel

Er hatte sie gar nicht ernst genommen, diese alte Frau, die er auf der Straße von Köln traf, kurz bevor er endlich bei Früh einkehren konnte. Diesem typisch kölschen Brauhaus. Diese alte Frau stellte sich ihm plötzlich in den Weg.

„Mein Herr, ich muss Ihnen etwas sagen, etwas was Ihre Zukunft verändern wird."

Wie eine Zigeunerin sah sie nicht aus. Wollte sie ihn überfallen, ihm die Geldbörse stehlen, ihn ablenken, damit jemand anders ihm ein Messer zwischen dir Rippen trieb? Er wich einen Schritt zurück. Doch da war niemand. Plötzlich waren all die Leute weg, die eben noch um ihn herum auf der Straße waren.

„Ich will Ihnen nur sagen, dass sie heute gut auf sich aufpassen sollten. Seien Sie vorsichtig, nicht jeder der es anscheinend gut mit Ihnen meint, meint es wirklich gut. Benutzen Sie Ihren Menschenverstand. Das Gute und das Böse sind zweieiige Zwillingsschwestern."

Er wollte gerade etwas fragen, als eine grölende Gruppe junger Männer, die einen Junggesellenabschied feierten, um die Ecke kam. Unwillkürlich drehte er sich der Gruppe zu. Doch die zogen singend vorbei. Als er sich zurückdrehte war die Frau verschwunden. Einfach weg. Er stand wieder alleine neben der Eingangstüre zu Früh.

Er fasste die Türe, die aber auch von innen aufgestoßen wurde. Ein Ehepaar kam heraus. Er vernahm nur noch die Worte: „Schatz, ich hab Dir gleich gesagt, trink nicht zu viel, jetzt hast Du wieder...", mehr bekam er nicht mit, denn der Lärm aus der Braustube empfing ihn.

Er suchte sich einen Tisch. Eigentlich unmöglich, um diese Uhrzeit, doch der Köbes, so nennt man die Kellner in Kölner Brauhäusern, schob ihn einfach an einen großen, runden Tisch und meinte nur: „Jung, da häste noch Platz jenuch. Och en Kölsch, oder jet anderes?"

„Ein Bier bitte, Herr Ober."

„Wat is? Bier krichste im Hotel. Hier jiddet Kölsch und isch bin kinne Ober, ich bin bin ne Köbes, och wenn ich us Dalmazien kum. Ävver hier jebore, jroß jeworde,
jeliehrt und jez hee. Also ke Bier, Du kriss e Kölsch."
Was blieb ihm übrig. Er war neu in Köln und stammte aus Hannover. Die Sitten hier waren ihm noch nicht geläufig.
„Gestatten Sie, dass ich mich hier hinsetze?" fragte er die anderen Leute am Tisch.
Es dauerte keine zehn Minuten, da kannte er von drei der anderen Gäste den Lebenslauf, wusste, das die junge Frau einen neuen Job hatte und der junge Mann daneben eine Zufallsbekanntschaft war. Sein Blick ruhte immer im tiefen Ausschnitt der jungen Frau.
Als er sein Kölsch bekam, prosteten ihm die anderen zu. „Stößchen!" Er wollte mir der Rand des Glases anstoßen, da wurde er darauf hingewiesen, dass man Kölschgläser mit dem Boden anstößt.
Eine halbe Stunde später hatte er seinen ersten „Halven Hahn" gegessen. Er hatte sich schon gewundert, dass ein halbes Hähnchen so günstig sein sollte. Als dann das Röggelchen mit Käse kam, lachten die anderen und meinten nur: „Bis ävver och keen kölsche Jung?"
Der Abend verlief harmonisch. Hin und wieder ging einer der Gäste zur Toilette. Doch ihn hatten sie gewarnt. „Jung, wennse einmal jehst, dann läufste nach jedem Gjlas."
Eine junge Frau hatte ebenfalls am Tisch Platz genommen. Eigentlich nicht sein Typ. Passte nicht in sein Beuteschema. Er stand mehr auf blond, doch sie war dunkelhaarig. Ihre rehbraunen Augen hatten es ihm aber angetan.
Zuerst hielt er es für ein Versehen, dass ihr Fuß sein Schienbein berührte. Doch als es immer wieder passierte, fußelte er zurück. Sie hieß Desireè und stammte aus Köln-Weiden. Davon hatte er noch nie gehört. Er selbst wohnte in Rodenkirchen. Ein Freund hatte ihm dort eine Penthousewohnung besorgt. Da er gut verdiente, spielte die Miete keine große Rolle für ihn. Eigentlich viel zu groß für ihn, aber

15

der Blick über Köln hatte es ihm gleich angetan. Der Dom, den er bei gutem Wetter in der Ferne sehen konnte, hatte auch ihn gefesselt. Der Blick auf Desireé auch. Er wusste nicht genau, was es war, aber diese Frau hatte etwas, was ihn faszinierte. Sie trank, nein sie nippte, an ihrem Kölsch und hörte mehr zu, als dass sie sich am Gespräch der anderen beteiligte. Doch wenn sie etwas sagte, hatte es immer einen Sinn und war nicht nur so dahin geplappert.

Eigentlich wollte er ja nur ein oder zwei Bier trinken, doch wenn er jetzt auf seinen Bierfilz sah, waren schon fünf Striche zu sehen.

„Ich glaube, ich muss jetzt langsam mal nach Hause. Morgen ist zwar Samstag, aber ich muss noch etwas arbeiten. Steuerkram, wenn Sie verstehn."

„Oh, das ist interessant. Ich studiere BWL und Steuerrecht finde ich faszinieren."

Er wusste nicht, was man an Steuern so faszinierend finden konnte, doch Desireé war faszinierend. „Wenn Sie wollen, dann helfe ich Ihnen gerne. Wollen wir uns morgen wiedersehen?"

Er war erstaunt, denn noch nie hatte eine Frau ihm ein solches Angebot gemacht. Ohne nachzudenken antwortete er: „Aber gerne doch."

Hatte er das wirklich jetzt gesagt? Es waren sicher die fünf Kölsch, die ihn so locker werden ließen.

„Dann geben Sie mir doch Ihre Telefonnummer und ich rufe Sie morgen Vormittag an. Wenn Sie wollen, dann treffen wir uns, wenn nicht, dann sagen Sie es ruhig." Desireé hatte das Heft in die Hand genommen. Die Emanzipation hatte ihre Früchte getragen.

Es blieb nicht nur bei der Steuererklärung. Es kamen Spaziergänge, Kuchen backen und längere Abende dazu. Später auch Nächte.

Vier Monate später stellte er sich ihrer Familie vor.

Sechs Monate weiter standen sie vor dem Traualtar.

Drei Wochen später wachte er auf. Er lag in alter Kleidung in einem Hinterhof auf einem Karton. Sein Gedächtnis war wie seine Taschen leer gefegt. Er kannte weder die Stadt, noch einen Menschen hier.

Als die Polizei ihn aufgriff, hatte er nicht einmal einen Ausweis bei sich. Er verstand noch nicht einmal die Sprache der Beamten.

In Köln aber fuhr ein Möbelwagen in Rodenkirchen vor. Drei Männer luden alles ein, was ihnen eine junge Frau auftrug. Sie hatte das gemeinsame Konto geleert, war zur Polizei gegangen und hatte ihren Mann als vermisst gemeldet. Den Beamten hatte sie erzählt, dass ihr Mann depressiv sei und sich wahrscheinlich in den Rhein gestürzt hätte. Davon habe er in der letzten Zeit immer wieder gesprochen. Der Möbelwagen fuhr zu einem Lager und die Männer stellten alles dort ab.

In Lyon lag ein junger Mann, der nur deutsch sprach, in einem Krankenhaus. Er konnte sich an nichts aus der Vergangenheit erinnern. Nicht einmal seinen eigenen Namen kannte er. Die Schwestern nannten ihn Monsieur Allemand. Nur eine Szene kam ihm wieder in den Kopf. Eine Frau, die ihm sagte, dass sich sein Leben verändern würde. Mehr war da nicht.

Desireé aber war froh, dass sie nicht BWL, sondern Chemie und Pharmazie studierte. Und das Fachbuch in dem in einer Fußnote beschrieben wurde, dass man nach der oben beschriebenen Mischung sein Gedächtnis verlieren würde, kam ihr immer wieder zu Gute.

Kölsch

Kölsch wird traditionell aus einem schlanken, zylindrischen, relativ dünnwandigen Glas mit einem Inhalt von 0,2 Liter getrunken, ortsüblich als Kölschglas oder Stange bezeichnet. Das relativ geringe Fassungsvermögen geht noch auf frühere Schankgewohnheiten zurück. Sie entspricht inzwischen nicht mehr den Wünschen aller Lokalbetreiber, da sie einen deutlich höheren Zeit- und Personalaufwand erfordert, als er für größere Trinkgefäße anfallen würde. Deshalb werden in der Außengastronomie sowie in weniger traditionsbewussten Gaststätten häufig größere Stangen mit bis zu 0,5 Litern Inhalt verwendet.

Größere als 0,2-Liter-Gläser sind jedoch unter Kennern verpönt, unter anderem weil Kölsch im Gegensatz zu anderen Bieren nach dem Einschenken sehr rasch verschalt, also seinen frischen Geschmack und auch seine Schaumkrone verliert. Vereinzelt trifft man in traditionellen Kneipen auch auf das halbe Kölsch, das in einer Stange mit nur 0,1 Litern Inhalt, dem Stössje, serviert wird. In einigen Brauhäusern kann auch ein 10-Liter-Fass, das Pittermännchen zum Selberzapfen an den Tisch bestellt werden. Wie die meisten Biere, besonders die obergärigen, entwickelt das Kölsch seine volle geschmackliche Vielfalt erst ab einer gewissen Temperatur, weshalb es bei acht bis zehn Grad serviert wird.

Der Kellner wird in kölschen Brauhäusern Köbes genannt. Er verwendet zum Servieren seit Ende des 19. Jahrhunderts auch den Kranz – ein Behältnis für bis zu 18 Stangen mit zwei Tragegriffen in der Mitte – je einer oben und im Boden. Vom Fass gezapft wird das Kölsch vom Zappes. In traditionsbewussten Gasthausbrauereien kommen dabei auch heute noch die ansonsten eher selten gewordenen Holzfässer zum Einsatz. Aus ihnen wird dann ohne die heute üblichen mit Druckgas betriebenen Zapfanlagen wie früher nur mit einem zuvor eingeschlagenen Zapfhahn gezapft; deshalb fällt das Bier bisweilen weniger spritzig aus als heute allgemein erwartet wird. In den meisten Brauhäusern und auch in vielen Kölner Kneipen ist es Brauch, dass jeder Gast, der sein Kölschglas vollständig geleert hat, ungefragt ein weiteres Kölsch gebracht bekommt, bis er einen Bierdeckel auf das Glas legt oder die Rechnung verlangt.

Kalle

Kalle war Zocker. Das Zockerbakterium hatte ihn erfasst. Es hatte bei ihm nicht anders angefangen, wie es bei Zockern üblich ist. Erst nur einmal. Probieren, sozusagen, ist ja nur ein Spiel.

Kalle war ein besonderer Zocker. Er war eigentlich Bürokaufmann und Mitarbeiter der Buchhaltung bei Schneider und Klein. Schneider und Klein ist ein sogenanntes KMU, klein- und mittelständisches Unternehmen. Es produziert Bierfilze, diese grandiosen Dinger, die in Dresden erfunden worden sind. Es waren immer noch die gleichen Bierfilze, die Robert Sputh damals 1892 erfunden hatte. Heute sind sie 107 Millimeter im Durchschnitt, 1,2 bis 1,5 Millimeter dick und 5 bis 10 Gramm schwer. Die recheckigen Dinger aus Düsseldorf mochte Kalle nicht. Die machten immer Probleme. Warum wusste er auch nicht. Aber all das hat nichts mit Kalles Zockerei zu tun.

Kalle kam eines Tages auf die Idee sich so viel Zuckerstücke in den Kaffee zu tun, wie er Pfennigstücke im Geldbeutel hatte. Nachdem es den Euro gab wurden es 1 Cent Münzen.

Wenn er einkaufen ging, dann achtete er immer darauf, dass er genau bezahlen konnte. Auf den Cent genau. Sonntags machte er seinen Geldbeutel leer und steckte die Centstücke in eine Flasche. Hin und wieder kam es vor, dass er eine Münze übersah. Anfangs wirklich unabsichtlich. Doch dann auch schon mal absichtlich. Er mochte den Kaffee nicht so bitter. Da half auch die Kondensmilch nicht weiter.

Seit einiger Zeit war es schlimmer geworden. Da gab einen Fünfer her, damit er möglichst viel Kleingeld zurück bekam. Sein Rekord lag bei 24 Eincentmünzen. Seine Kollegin schüttelte sich, als er den Zucker abzählte.

Drei Monate ist es jetzt her, dass er immer 12 einzelne Centstücke in einem Extrafach liegen hat. Dazu die vom Wechselgeld. Seine Kollegin fragte ihn schon, ob er Zucker mit Kaffee tränke. Dann erwiderte er immer, dass in Eistee und Cola noch viel mehr Zucker sei.

Vor einer halben Stunde nun hatte sein Herz nicht mehr mitgemacht. 217 kg Körpergewicht bei 1,73 waren eindeutig zu viel. Das Herz hatte gerade ausgesetzt, als er das 25. Stück Zucker in die Tasse geben wollte.

Schade, es wäre ein neuer Rekord geworden.

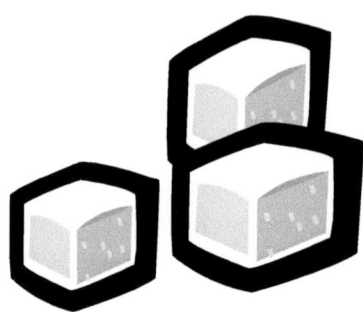

Diät

Jeanette konnte essen, soviel sie wollte, sie nahm weder ab noch zu. Doch irgendwelche kleine Kalorien, Pölsterchen oder wie diese schrecklichen Wesen hießen, nähten in den Nächten die Kleidung immer enger. Na ja, das eine oder andere Stück hatte sie vielleicht zu heiß gewaschen, aber jetzt war selbst die blaue Jacke, die sie so liebte, zu eng geworden. Sie konnte es sich selbst nicht erklären, denn ihre Waage zeigte immer das selbe Gewicht an.

Sie versuchte es mit einer Diät, von der sie in der Zeitschrift gelesen hatte. Diese Zeitschrift lag beim Arzt, der erhöhten Blutdruck gemessen hatte. Der würde sicher wieder runter gehen, wenn sie ein paar Pfund abnehmen würde, meinte der nette junge Arzt mit dem kleinen Kugelbauch schmunzelnd. „Ich weiß, wovon ich rede." Also diese Diät erlaubte eigentlich nur saure Gurken und Quark. Drei Tage ging das gut, dann wurde ihr schlecht. Sie hatte Hunger. „Noch drei Tage Quark, dann werde ich zum Frosch. Immer nur Quaaack", sagte sie ihrer Freundin Evelyn, die spindeldürr war und immer nur an Staudensellerie kaute. „Ich nehme nur die trockenste Magerstufe, damit darf ich den Sellerie aufpimpen. Probier das doch auch mal."

Aber ob der Quark nur mager oder fett war, es blieb Quark. Also kam diese Diät nicht für Jeanette in Frage. Sie versuchte es mit Ananas. Hier ging das vier Tage gut. Vier Tage saure Ananas, die ihr den Mund zusammenzog. Sie meinte viel Wasser zu verlieren, doch ihre Waage war gnadenlos. Sie hatte nicht ein Gramm abgenommen.

Nach der Ananasdiät versuchte sie es mit Gemüsesuppe. Morgens, mittags und am Abend Gemüsesuppe. Ihre Küche sah aus wie das Warenlager eines Bioladens. Die Suppe schmeckte die ersten zwei Male. Dann zwang sie sich die Suppe nur noch herein. Mit dem Geschmack der Suppe nahm auch ihre Laune ab. Wenn ihr jetzt jemand ein Stück Schwarzwälder Kirschtorte hingehalten hätte, sie wäre hoffnungslos über ihn hergefallen. Doch ihre Mitmenschen hatten Glück. Niemand hielt ihr die Torte entgegen. Nach 5 Tagen schmeckte die Suppe nur noch nach „Bäh-bloß-nicht-mehr-essen". Sie schüttete den Rest in die Toilette. Sollten sich doch die Ratten daran satt essen.

Jeanette wurde nervig. Sie hatte schon alle Verstecke in ihrer Wohnung durchsucht. Durchsucht nach etwas Vernünftigen zu essen. Doch es gab keine Lakritze mehr im Küchenschrank bei den Gläsern, keine Schokolade in der Schreibtischschublade und auch keine Chips mehr im Schrank mit den Spirituosen. Selbst die Eiswaffeln im Tiefkühlschrank hatte sie entsorgt. Wie blöd man doch sein konnte.

Es war Samstag und 20.31 Uhr. Also alle Geschäfte schon geschlossen. Aber Jeanette wollte durchhalten. Jedenfalls hatte sie den Entschluss auch noch, als sie die Türe sorgfältig abschloss und auf den Lift wartete. Warum musste dieser Aufzug auch noch drei Spiegelwände haben. Welcher bösartige Innenarchitekt muss sich so etwas ausgedacht haben. Sie sah, wie die blaue Jacke eng saß. Wirklich eng. Also so eng, dass der Knopf vorne fast absprang.

Wo wollte sie eigentlich hin? Spazieren gehen. Eine große Runde laufen. Den Weg an der Hundewiese vorbei, in Richtung Tennisplätze. Dort gab es ja eine Gastronomie. Dort hatte sie im Herbst immer Penne gegessen, mit leckerer Käsesahnesoße. Geld hatte sie dabei. Glück und Pech auch. Denn heute war Ruhetag. Aber sie wollte sich nur bewegen, nicht essen. Sie wollte ja abnehmen. Wie war sie nur auf den dummen Gedanken gekommen, dass man hier was essen konnte.

Der Weg wurde ihr immer länger und langweiliger. Sie malte sich Kochrezepte aus. Hallo? Kochrezepte? Das machte sie doch sonst nie. Aber irgendwie sah sie in allen Dingen irgendwelche Lebensmittel, die man irgendwie zubereiten konnte. Kann man vom „Lebensmitteldenken" dick werden. Nein, das ist genauso doof, wie dieser Spruch: „Ich werde von Fettgedrucktem dick." Wobei, so unwahrscheinlich es auch war. Sie glaubte es ja selbst mitunter.

Auf dem Rückweg traf Sie Frau Berger. Mein Gott, hatte die eine Figur. „Hallo Frau Berger, wie geht es denn so? Sie haben ja toll abgenommen."

„Na ja, meine Liebe, die ‚Djäei, Djäei-Ehm-Diät, die James Johnstone-Milestone-Diät. Ist ja der Burner. Brennt die Fettzellen nur so weg. Kann ich nur empfehlen. Ich habe da jetzt eine Vertretung für. „Garantierte 10 Kilo in einem Monat, wenn nicht, gibt es das Geld zurück." Und dazu gibt es diese Hautcreme, gegen Falten. Wenn Sie wollen, dann kann ich Ihnen mal eine Probe vorbeibringen. Das Produkt ist auch seinen Preis wert."
„Und der wäre?"
„Ach, knappe 99 Euro. Und eine Pflegerolle für die Oberschenkel gibt es auch gratis dazu. Ich komme heute um 19,00 Uhr. Wir sehen uns, meine Liebe."
Jeanette traute sich nicht abzusagen.
Nach einem Monat hatte sie immer noch das selbe Gewicht. Und dieses mit dem Geld zurück, war ihr zu kompliziert. Die Rolle war gleich beim dritten Gebrauch zerbrochen. Jeanette war auch gerade bei der Spaghettidiät. Da hatte sie gar keine Zeit sich um die 99 Euro zu kümmern.
Als ihr Neffe kam, weil ihr Abfluss im Bad verstopft war, schob er die Waage beiseite. Dabei fiel ein Wattestäbchen heraus, es hatte die Waage blockiert.
Als Jeanette am Abend auf die Waage stieg hatte sie genau 4 Kilogramm mehr als vor einem halben Jahr.
Jetzt kennt sie nur noch die „Ich-Esse-Alles-wie-ich-will-Diät."
Genau ein Jahr später war sie tot. Der Neffe fand sie. Nahm das Wattestäbchen aus der Waage und rief den Arzt an. Jeanette hatte sich totgehungert. Sie hatte nur einen Erben.

Rezept zum wirklichen Abnehmen:

Kaufen Sie sich eine Glühlampe mit Schwarzlicht für das Badezimmer und einen Fleischwolf.
Sie können essen, was immer sie wollen. Sie können essen so viel sie wollen.

Sie müssen es nur immer durch den Fleischwolf drehen und mit dem Löffel, dem Gesicht zur Wand bei Schwarzlicht essen.
Wetten Sie nehmen ab? Wer ißt schon gerne Beton?
Aber es hilft. Na dann, Mahlzeit.

Das Huhn Berta

Sie hieß Berta, hatte eine gute Figur und war der Star im Hühnerhof. Warum?
Sie fragen noch?
Na ja, Sie legte rosagrüne Eier. ROSAGRÜN!!!
Dabei war sie doch ein ganz gewöhnliches Hamburger Huhn, mit einer Legeleistung von 160 – 180 Eiern im Jahr. Äußerlich unterschied sie sich auch nicht von den anderen Hamburger Hühnern im Hof. Aber ihre Eier, die waren etwas Besonderes. Rosagrün, wie schon gesagt.
Berta nun sollte ins Fernsehen.
Einer dieser Klatsch- und Tratschsender hatte sich angesagt. Also fegten die Kinder den Hof, die Bäuerin reinigte das Hühnerhaus und der Herr Bauer kalkte die Wände neu. Er wollte sich ja nicht vor durchschnittlich 7,2 Millionen Zuschauern blamieren.
Dann waren sie da.
So viele Leute für einen Drei- bis Fünfminutenbeitrag. Acht Leute beherrschten den Hof. Es wurden Scheinwerfer aufgestellt. Die Bäuerin wurde geschminkt und musste sich umziehen. Sie hatte sich fein gemacht, aber eine fein gemachte Bäuerin passte nicht ins Klischee. Also Schürze um und Kopftuch auf. Die beiden Kinder mussten barfuß laufen und der Bauer musste sich eine Tabakpfeife in den Mund stecken. Dabei war er Nichtraucher.
Niemand konnte sagen, wann Berta Eier legte. Die Bäuerin und die Kinder konnten nur sagen, dass sie vorher lustig gackerte und dann erhobenen Hauptes ins Hühnerhaus ging, um ihr Nest aufzusuchen.
Ab 07. 00 Uhr war das TV-Team da. Ab 09.00 Uhr war man bereit. Mittags gab es Erbsensuppe. Der Streuselkuchen war um 16.00 Uhr dran. Dann betrat Berta fröhlich gackernd das Hühnerhaus und suchte ihr Nest auf.
Neben ihr saßen Johanna und Frieda – auch gewöhnliche Hamburger Hühner.
Nach zehn Minuten hörte das Team ein lautes Gezänk im Stall.

Berta, Johanna und Frieda lieferten sich ein Hacktriell. Ein Duell ging ja nicht bei drei Hühnern.
Die Handkamera geschultert betrat der Kameramann den Stall. Beleuchtung an, Ton an, Klappe.
Berta lag mit eingehacktem Kopf neben ihrem Nest. Dafür standen Johanna und Frieda erhobenen Hauptes da. Johanna schaute auf ihr kariertes Ei. Grünrosa kariert. Frieda hatte das Peacezeichen auf ihren Eiern. Eines in Grün und eines in Rosa. Sie hatten heimlich trainiert und endlich war der Tag der Rache da. Vor laufender Kamera! Eine wahre Peepshow.

Eier mit grüner Sauce

8 Eier, 3 Scheiben Weißbrot, Gemüsebrühe von Porree, Karotten, Sellerie oder Zwiebeln, Knoblauch, Thymian und Lorbeer, $\frac{1}{2}$ TL Ingwer, frischer, geriebener, 1 EL weißer Wein, Salz und Pfeffer, 1 EL Essig, 70 gr. Gruyere Käse, gerieben, 1 EL gehakte Petersilie, 1 Blatt Salbei, 1 Prise Safranpulver
Das Weißbrot rösten und zerkleinern. In eine Schüssel geben und die Gemüsebrühe zufügen. Den Wein mit Ingwer, Salz, Pfeffer und Safran vermischen. Zu dem Bot und der Brühe geben und unter ständigem Rühren langsam erhitzen.
Ein Liter Wasser mit Salz und 1 EL Essig zum Kochen bringen. Die Eier einzeln aufschlagen, in eine Untertasse geben und vorsichtig in das kochende Wasser gleiten lassen. Mit einem Löffel das gerinnende Eiweiß um den Eidotter legen. Nach 2-3 Minuten ist das Eiweiß fest. Mit einem Schaumlöffel die Eier auf einen Teller warm stellen. den geriebenen Käse in der heißen Sauce schmelzen, Petersilie und Salbei hinzufügen und vom Herd nehmen. Über die Eier geben und servieren.

Elli

Elli heißt eigentlich Elfriede Roswitha Gertrud Kleingans, aber so kennt sie niemand, denn Elfriede wird immer nur Elli gerufen. Elli ist das, was man in Köln „en lecker klei Mädsche" nennt. Woanders würde man sie vielleicht als Drecksgöre, vorlaut oder Schlüsselkind bezeichnen. Obgleich den letzten Ausdruck auch schon kaum jemand noch kennt.

Elli ist zehn und hat schon manche Narbe vom Straßenkampf und Schicksalsschlägen auf der Seele und dem Körper. Ellis Mutter ist gerade einmal siebenundzwanzig Jahre alt. ‚Dat Jör' war das Produkt eines Quickies ohne Kondom. Der Typ wollte das nicht und Ellis Mutter, die sich damals Doreen nannte, bekam nen Fuffi dafür. Nen Fuffi, das war schon wieder eine Menge Stoff, den sie gerade man wieder benötigte. Sie war gerade wieder auf Heroin, die zwei letzten Schüsse waren schon sehr dünn gewesen. Also ohne Kondom. Später konnte sich Doreen nicht einmal daran erinnern, wie der Kerl hieß oder wieder er aussah. Bis jetzt hatte Elli auch noch nicht gefragt, wer ihr Vater war. Der Begriff Vater war für sie auch so fremd wie Harnsäure. Sie kannte Männer, die meist nicht länger als einen Monat bei der Mamm und ihr lebten. Die meisten beachteten sie gar nicht und zwei hatte Doreen rausgeschmissen, weil sie sich an Elli rangemacht hatten. Dass Elli die Erfahrung leider schon vier Mal mitgemacht hatte war Doreen entgangen. Süßigkeiten und Drohungen zauberten immer ein verschlucktes Schweigen hervor.

Dann musste Elli in die Schule. In dieser Zeit war Django der Lover der Mutter. Django handelte mit Dingen, die seine Freunde aus Kiosken mitgehen ließen. Und er wollte, dass Elli eine schöne Schultüte bekam. Elli hatte die größte und schönste Zuckertüte ihrer Klasse. Doreen hatte ihre Tochter herausgeputzt, wie sie es gerne selbst gewesen wäre. Das war auch das letzte Mal, dass sie sich um die Schule ihrer Tochter kümmerte.

Wäre nicht Frau Berger gewesen, dann hätte Elli nie schreiben, rechnen und lesen gelernt. Frau Berger war die Nachbarin von

Doreen. Frührentnerin und früher in der Buchhaltung tätig. Zu ihr ging Elli immer, wenn es daheim wieder mal zu sehr abging. Zur ihr hatte Elli Vertrauen. Fast grenzenloses Vertrauen, denn die Angst ließ sie nicht alles sagen.

Frau Berger verstand das Kind und jeden Nachmittag saßen sie drei Stunden zusammen und machten Schulaufgaben. Frau Berger brachte ihr auch Stricken bei und hin und wieder kochte sie für die Kleine auch etwas, wenn es ihre sehr schmale Rente zuließ. Das Kind konnte doch nichts für ihre Mutter.

Elli wurde Klassenbeste. Sie hatte ein neues Hobby, von dem sie Frau Berger überzeugen konnte. Die Stadtbücherei. Dort gab es so viele Bücher, Karten, Videos und was nicht alles. Und alles ging in ihren Kopf.

Der Lehrerin fiel auf, wie begabt Elli war. Aber auch wie schweigsam, wenn es um ihre Familie ging. Und um Klassenfahrten oder Ausflüge. Merkwürdigerweise war Elli dann immer krank.

Elli hatte aber auch eine andere Medaillenseite. Sie hatte bei ihrer Mutter und deren Freunden gelernt, wie man Dinge in Geschäften mitnehmen konnte, ohne, dass es jemand merkte. Einige davon verkaufte sie in der Schule auf dem Schulhof, bis sie auffiel. Als Doreen zum Sprechtag kam, bekam sie nichts mit. Sie war high. Also machte Elli weiter. Doch jetzt verkaufte sie die Dinge am Jugendtreff.

Von dem Geld kaufte sie für Frau Berger hin und wieder eine Blume. Sie wusste nicht, ob sie sich darüber freute oder ob die Blume nicht praktisch auch geklaut war, obgleich sie sie bezahlt hatte.

Jetzt war Elli zehn. Django lag in Buchforst gut einen Meter unter der Erde und ‚der Chef' war ihr Daddy. Der Chef erkannte Ellis Fähigkeiten. Allerdings nur die negativen Seiten. So wurde Elli zum Kurier für Drogen. Sie fuhr mit Freunden nach Amsterdam oder Brüssel und kam, meist etwas dicker, wieder mit nach Köln.

Im Winter war das angenehm, denn die Päckchen wärmten den Körper, aber im Sommer war das schrecklich. Doch wenn sie nicht gehorchte, dann merkte Elli schnell, warum der Chef Chef hieß. Er selbst tat ihr nichts, aber Humpi, der Freund, der Kölsch immer aus dem Humpen trank, weil da mehr reinging, der machte sich an Elli ran. Über fünfhundert Bilder hatte er schon von Elli gemacht. Elli hasste es, doch Humpi trat ihr einmal in den Bauch und da sagte sie nichts mehr.

Dann kam der Tag an dem Humpi einen Opi mitbrachte, der nur lieb zu ihr sein wollte. So sagte er jedenfalls. Doch Opi tat ihr weh. Sehr weh. Das war zu viel für Elli. Sie hatte bei Frau Berger, der aufgefallen war, dass Elli so still geworden war, Schlaftabletten gefunden. Wirklich gefunden. Sie sollte ein Migränemittel aus dem Schrank holen und da war die Packung. Elli informierte sich in der Schule über das Mittel. Das Internet ist doch sehr freundlich mit seiner Hilfe. Dann war sie so weit.

Doreen war über die Wirkung des letzten Schusses begeistert. Sie flog praktisch in die Wolken ihrer Fantasie. Der Chef zog sich auch eine Spritze auf. „Klasse Stoff" waren seine letzten Worte und als Humpi seinen Humpen auf einen Zug ausgetrunken hatte schlug Elli einmal mit der Axt zu. Die Axt hatte sie im Garten mitgehen lassen. Sie traf Humpis Kehlkopf. Und Elli war sehr stark für ihr Alter.

Der Gutachter bescheinigte Elli eine sehr hohe Intelligenz und Frau Berger beantragte die Vormundschaft.

Heute ist Elli Sozialarbeiterin. Sie kennt ihren Job.

Die kalte Sophie

Das Wetter war schon so schön gewesen. Richtiger Frühling mit allem was dazu gehörte. Diese hellgrünen Knospen mit den ganz kleinen braunen Spitzen, die sie durch den Winter bekommen hatten. Diese Schwaden von Blütenpollen, die so vielen Menschen Atembewerden, dicke Augen und Hustenreiz verursachen. Dann kamen vier wirklich kalte Tage.

Grills wurden wieder abgedeckt und manche Hausfrau nahm die Polster wieder herein, die vorher die Stühle auf dem Balkon wieder so sommerlich hatten aussehen lassen.

Trotzdem spürte man den Frühling. Die Blüten konnte man nicht mehr rückgängig machen. Außerdem sagte der Wetterbericht ja, dass es morgen wieder wärmer würde und übermorgen sowieso.

Sie saß am Tisch. Der Fisch vor ihr war frisch, sie hatte ihn im Geschäft, diesem riesigen Supermarkt gekauft, dem mit dieser schönen Fischtheke. Das farbige Rezeptbuch mit den tollen Gerichten lag vor ihr. Und sie hatte sich eines herausgesucht, bei dem sie wusste, dass Oliver es mochte. Er liebte Fisch in allen Variationen – bis auf eine – Fischstäbchen. Die hatte er als Kind genug gegessen, das reichte für den Rest seines Lebens.

Auch die Gewürze waren frisch. Als moderne Hausfrau hatte sie ihre eigenen Pflanzen auf dem Balkon. In einem Weidenkranz standen die Pflänzchen und der Dill sah frischer aus, als auf jedem Werbefoto.

Als Oliver nach Hause kam, roch es in der Wohnung so wunderbar. Zwar nach Küche, aber angenehm.

„Schaaaatz, ich bin wieder daaaaa!", rief er und zog sich seine Jacke aus, die er an diesem kalten Tag angehabt hatte. „Das riecht ja so lecker."

„Ist auch gleich fertig. Wasch' Dich schon mal und zieh' Dich um, in zehn Minuten wird gegessen. Der Tisch ist schon gedeckt." Ihre Stimme zeigte ihm, dass sie mit dem Ergebnis ihrer Kochkünste zufrieden war.

Das Gift, welches sie sich im Internet besorgt hatte, wirkte innerhalb von Sekunden. Oliver sackte zur Seite. Schade eigentlich um das gute Essen.

Als der Rettungswagen kam, stand das Essen noch auf dem Tisch. Vielleicht hatte ihr Mann sich ja an den Fischstäbchen vergiftet. Drei Stück hatte sie selbst gegessen, damit es nicht so auffiel. Der andere Fisch schwamm schon längst in der Kanalisation.

Der Notarzt stellte nur noch den Tod fest.

Die kalte Sophie hatte wieder zugeschlagen. Zum dritten Mal war sie Witwe geworden. Immer bei Schafskälte. Jetzt hatte sie genug geerbt, um mit Markus ein neues Leben zu beginnen. Markus Graf Batzen zu Hellersheim. Vierundzwanzig Jahre älter als sie, sehr gut aussehend und unheimlich reich. Banker und Großgrundbesitzer in Kanada. Seinen Heiratsantrag hatte Sie am Valentinstag angenommen. Am 15. Februar hatte sie sich dann das Gift besorgt. Für Oliver.

Sophie Gräfin Batzen zu Hellersheim.   Auch kein schlechter Name. Die kalte Sophie. Und Fisch mochte der alte Graf auch.

Bachforelle mit Bärlauch gefüllt.

4 Forellen, 150 g Bärlauch, 5 EL Olivenöl, Salz und Pfeffer.

Den Backofen auf 200 Grad vorheizen. Forellen waschen und trocken tupfen. Auflaufform mit etwas Olivenöl einfetten. Den Boden der Form mit Bärlauch auslegen. 50 g. Die Forelle darauf legen und die Oberseite mit Olivenöl aufpinseln, pfeffern und salzen. Jetzt die Forelle mit reichlich Bärlauch füllen. Mit Alufolie abdecken und ca. 1 Std. im Ofen dünsten.

Bitte nie mit Herbstzeitlose verwechseln – sonst werden Sie zum Mörder.

Jacques

Jacques mag keine Hunde. Er mag sie so wenig, dass man mit Fug und Recht behaupten kann: er hasst Hunde sogar.

Dabei hat ihm noch nie ein Hund was getan.

Doch solange er sich zurückerinnern kann, mag er eben keine Hunde.

Vielleicht sehen Sie das anders. Aber alleine das Wort „Hund" erregt bei ihm Ekel.

Es fing mit einem Boxer an. Damals sabbelten die alle noch. Für ihn waren es Hunde, die vor eine Wand gelaufen waren. Ihr schöner Kopf war eingedrückt. Der schönste Teil eines Tieres: der Kopf. Er war einfach hässlich für ihn. Sie waren bullig, hatten zwar kräftige Vorderbeine, aber die Hinterläufe wirkten dagegen schwach. Die Brust war breit, aber flach. Kein richtiger Hund für ihn.

Windhunde wirkten eleganter, doch war außer Haaren, kaum Fleisch und Knochen, nur noch Sehnen da. Der Kopf war schöner als beim Boxer, ehrlich gesagt. Doch dieser hochnäsige Blick, den diese Viecher hatten, den mochte er nicht.

Dackel kamen ihm wie Rollbraten vor, zusammen mit Bassets und anderen verwöhnten Kurzbeinern sahen sie aus wie auf Beinen laufende Fleischrollen im Gyrosladen. Fell drüber und schon ist der Hund fertig.

Schäferhunde und andere Hütehunde entsprachen mehr dem Hundemodell. Da stimmten auch die Proportionen von Kopf zu Körper und Beinen. Trotzdem waren sie ihm zu groß. Auch sie mochte er nicht.

Und diese kleinen Handtaschenwauwaus waren höchstens ein Gabelbissen wert. Wenn man denen das Fell abzog und die Knochen heraustrennte, dann blieb nur ein Amuse gueule übrig. Was sollte man mit so einem Bonsaihundeverschnitt.

Katzen mochte er lieber. Am liebsten Kater, die gut vollgefressen waren. Sie hatten auch nicht den leicht bitteren Beigeschmack wie Hunde. Katzen gut gegrillt, gewürzt und entweder am Stück abgeknabbert oder geteilt in zwei Hälften. Da konnte man so schön das Fleisch abzupfen.

Jacques wusste, dass die anderen Menschen seine Leidenschaft nicht teilten. Deshalb fing er die Tiere auch nur in der Nacht. Braten konnte er sie dann am Vormittag. Mit Majoran eingerieben, vertrieb es den strengen Geschmack und je nach Rasse etwas Zitronenmelisse. Auch eine Cognac-Ananas-Rahm-Sauce passte gut dazu. Im Herbst nahm er auch Maronen zur Füllung und lange gekochte Quitten in Doppelkornsud gekocht. Dazu gab es Kartoffelknödel halb/halb oder Bratkartoffeln ohne Speck. Ein frischer Salat rundete das Menue ab. Meist machte er das am Sonntag, weil dann die anderen Bewohner des Hauses in der Kirche waren. Was sollten die auch meckern. Nehmen beim Abendmal den Laib Christi in sich auf und trinken den Wein als sein Blut, da sollte man ihm auch seine Katzen lassen.

In der Nachbarschaft lief so eine schöne dunkelblaue Katze herum. Er hatte sie schon fast einmal gefangen. In der nächsten Nacht würde er sie fangen. Eine Dose frischer französischer Gänseleber wird ihm dabei helfen.

Hoffentlich ging alles gut. Hoffentlich bellte nicht wieder so ein blöder Hund. Er hasste es ihnen vergiftete Knochen vorzuwerfen. Die Kadaver wurden manchmal erst nach einer Woche gefunden – und dann mochte er sie erst recht nicht mehr.

Ach ja, Jacques ist von Beruf Sozialarbeiter. Er arbeitet für den Sozialpsychiatrischen Dienst und muss sich um abnorme Persönlichkeiten kümmern. Schreckliche Menschen, wie er fand und fast jeder von denen hatte einen Hund. Wenn es eine Katze wäre, dann würde er ihnen helfen. So aber?

Nein, er mochte wirklich keine Hunde.

Der Gärtner

Kennst Du diese Typen, die da hinter den ganzen Osterglocken, oder sind es Narzissen, Tulpen und Ringelblumen stehen. Die, die Dir immer sagen, dass diese Blumen doch farblich wunderbar zusammenpassen? Genau diese Typen meine ich. Aber das sind die Durchschnittsgärtner, die, welche unbedingt verkaufen wollen oder manchmal auch müssen. Die, die sich aber nicht um die Wünsche der Kunden kümmern. Sich keine Gedanken um deren Psyche machen.

Ganz anders mein Gärtner. Eigentlich wollte er ja Koch werden, aber dann merkte er, dass die Natur naturbelassen, besser für ihn war. Er fand Margeriten, Rosen und Kapuzinerkresse gehörten nicht auf ein Steak, sondern vielmehr in Beete, Kübel und Balkonkästen. Vielleicht noch als kleine Deko auf den Tisch.

„Stellen Sie sich doch einfach einmal einen traurigen Menschen vor", fragte er eine Kundin, die unentschlossen zwischen den Sonderangeboten an Frühlingsblumen hin und her lief. „Also, dieser traurige Mensch hat die Wahl zwischen einen Cordon bleu und einer Schale mit Kapuzinerkresse. Ich frage Sie, wovon hat er wohl länger etwas? Und was hält sich länger? Das Cordon bleu oder die Kapuzinerkresse. Dieses gefüllte Fleischstück muss er aufessen, oder er steckt es in den Tiefkühlschrank, kann es dann Monate später wieder herausholen, den Frostbrand übersehen und es nicht mehr so genussvoll verzehren. Beide Male, einmal als es noch frisch war, da wollte er nicht und jetzt muss er vielleicht, diese frostbrandgeschädigte Codon bleu essen, weil er vergessen hatte einzukaufen. Er isst also gehetzt, nervös, sauer und völlig genusslos. Aber diese Kapuzinerkresse, die erfreut unseren Betrachter. Erst mit einem zarten Grün, dann kommen die Knospen, ein Orange oder Gelb, es kann auch schon mal Rot sein. Und diese Pflanzen wachsen immer weiter. Wenn er jetzt einen Salat macht, kann der sogar mit den Blüten garniert werden. Die kann man auch essen. Und diese Blumen wachsen das ganze Jahr. Was noch schöner ist. Sie produzieren viele Samen, die man dann im nächsten Jahr wieder aussähen kann. Haben Sie schon einmal ein Cordon bleu gesehen, welches sich vermehrt? Ich noch nicht."

Während er so über die Kapuzinerkresse nachsann, zog er mit der Kundin weiter. Sie nahm da eine Pflanze und dort eine. Am Ende konnte unser Gärtner ihr noch drei Blumenkästen, Pflanzerde und Halterungen für die Blumenkästen verkaufen. Ein gutes Zusatzgeschäft.

Und jetzt frage ich Sie, als Autor dieser Geschichte: „Hat Ihnen eine Metzgerin schon einmal eine Bratpfanne, einen Wender und Geschirrtücher zum Cordon bleu verkauft? Ich glaube kaum."

Aber unser Gärtner, der ist glücklich, denn er hat jemand anderen glücklich gemacht. Wie gut, dass er kein Koch geworden ist.

Jestatten: Klecks

„Hallo, meine Liebe! Ich habe mich gerade auf Ihrer Bluse breit
gemacht. Sie haben mich zwar nicht dazu uffjefordert, aber ich
komme immer direkt, ohne Aufforderung und mache mich dann breit.
Gut, es gibt Verwandte von mir, die lieben es klein gesprenkelt, aber
ich, aus dem Hause braune Hausfrauensauce, mache mich gerne breit.
Das ist nun so meine Art. Aber, aber gnädige Frau, Sie sind es ja
selbst schuld. Warum haben Sie sich die Gabel so voll mit
zermatschten Kartoffeln genommen, die Sie genussvoll in der Sauce,
dieser schönen Fettaugen produzierenden, cremigen Masse
zerdrückt hatten. Der Brocken-Matsch-Brei war ja vollgesogen mit
dieser Flüssigkeit und mir wurde es auf einem so schwer, da hab ich
mich eben fallen lassen. Dass ich genau auf Ihrer rechten Brust
landete, hätte ich mir nicht schöner vorstellen können. Mit meiner
Wärme berühre ich Ihre Haut. Das Leinen verleiht mir festen Halt
und wenn Sie jetzt nicht auf den blöden Gedanken kommen, mich
gleich auszuwaschen, dann bleibe ich Ihnen auch noch ein, zwei
Wäschen erhalten. Zwar leicht verblasst, aber vor dem letzten
Waschgang immer noch als Schatten sichtbar. Eine Erinnerung an
dieses schöne Essen mit dem schmucken Herrn dort. Mein Bruder
Klecks 2. hat sich als kleiner Spritzer auf seiner Krawatte verewigt.
Wir sind schon ein nettes Volk, wir Kleckse."

„Sie verehrter Herr Verunreinigung, sans narisch. Mir Fleckerl san
doch die wirklichen Herrschaften. Schon bei der seligen Sissy hat
man uns gefunden im Ausschnitt. So auf einem Spitzenausschnitt
macht ein kleines Fleckerl erst was her. Warn Sie den schon mal
kaiserlich, Sie gewöhnlicher Bauernklecks, Sie?. Mir san aus Sahne
und Rebhuhnblut erstellt. Ein richtiger Koch hat uns kreiert. Nit so a
tramperte Mama, die immer von guter Butter redet, nur um an uns
heranzureichen. Dös schafft die nie. Und auf der Spitze von unserer
Sissy, da lässt es sich schön schlummern, Sie depperter Klecks."

„Nun benehmen Sie sich doch bitte. Beleidigungen sind doch nicht richtig. Jeder macht was er kann. So eine kleine Schmutzstelle ist doch nicht schlimm. Bleiben Sie doch mal ruhig und nüchtern. Wir Schmutzstellen aus Hannover haben es immerhin mit den saubersten Hausfrauen zu tun. Wissen Sie, was wir anstellen müssen, um haften zu bleiben? Manch einer von uns wurde einfach überstickt mit einem widerlichen Blümchen."

„Upps, was soll ich denn sagen, ich kleines, süßes Rotweintüpferl. Hicks, ich habe mich ganz vorsichtig am Glas herablaufen lassen. Hui, ging das rund. Ohje, mir ist jetzt noch ganz schummrig. Hicks. Ich habe es nur geschafft auf die weiße Weste zu tropfen, weil der olle, Hicks, sorry, war nicht böse gemeint, weil dieser alte wirkliche Gemeinrat, upps, Geheimrat sein Glas zu schnell leerte. Da gings abwärts auf den wohlverpackten Bauch, diesen Bauch, der von der Weste zurückgehalten wird. Wissen Sie, dass dieser olle Knabe, hicks, sich die Weste extra hat verstärken lassen? Hicks, ich mag sein Grummeln im Magen, da hör ich meine Kumpels singen. Ohhhhh Du schöner Westerwald...."

„Sorry, my name is blot. Blot of Roastbeef. Old british empire. Sorry, do you speak english?"

"Hallo, je suis madame tache, tache de tomate. Ist hier das internationale Klecksmeeting? Ich suche die chinesische Sojadeligation, hat die sufällich jemand gesehen?"

„污点", wudian   versteht uns denn niemand?

Klecks meldete sich noch einmal zu Wort: „Brüder und Schwestern aller Nationen: wir müssen zusammenhalten. Bleibt stark, gebt nicht nach. Kleckse aller Länder vereinigt Euch. Nur so können wir gewinnen. Es lebte die internationale Klecksoargie."

Und so kam es, dass auf dem internationalen Kongress der Kleckse zwar jeder meinte er wäre etwas Besonderes, sie sich aber doch alle vor einer Weltgefahr fürchteten: Dem scharfen Waschmittel des Herstellers, der seine Kunden mit Flecken aller Art überzeugen wollte, dass er den besten Fleckenentferner hatte.

Und wenn sie nicht verblichen sind, dann stören sie noch heute.

Rigobert

Immer wieder fragte sich der kleine Junge, warum seine Eltern ihm diesen Namen gegeben hatten. Rigobert. Und dann der Nachname noch dazu, da mussten ihn ja die anderen Kinder im Kindergarten und später in der Schule hänseln. Rigobert hieß mit Nachnamen Hahnenkamm. Seine Eltern waren stolz auf den Namen, doch der kleine Junge fand sich gar nicht damit ab.

Jedes Mal, wenn er gehänselt wurde, machte er sich Gedanken, wie er sich rächen konnte. Was niemand ahnte, auch kleine Jungen können sich schon schrecklich rächen. Und je mehr sich Rigobert geärgert fühlte, um so spezieller wurden seine Untaten.

In der Kita fing es an. Sein Onkel hatte ihm einmal gezeigt, dass man aus den alten, tollen Heckenrosen, welche von der netten Nachbarin so gut gepflegt wurden, ein super Juckpulver machen konnte. Und das nutzte er. Vor allem der kleine, dicke Ingo litt sehr unter dem Juckreiz. Mindestens vier Jungen mussten sich immer wieder jucken. Und damit nichts auffiel, streute sich Rigobert selbst etwas Juckpulver unter das Hemd. So wurde er nicht verdächtigt. Ingo musste sogar ein paar Tage zuhause bleiben, denn seine ganzen Schultern waren zerkratzt. Auch wenn Rigobert kein Juckpulver streute, kratzte sich Ingo. Es genügte das Wort ‚Jucken'.

Bei Mädchen hatte er mehr Mitleid. Die waren auch meist nett. Doch Mathilde, die mit den roten Haaren, hänselte ihn auch. Mathilde liebte ihre Barbiepuppe. Sie weinte erbärmlich, als Mathildes Puppe nach langer Suche im Müll gefunden wurde. Mit gebrochenem Genick, ausgerissenen Armen und Beinen. Rigobert tröstete Tilde, wie sie genannt wurde. Dabei steckte er die Perücke der Puppe in ihre Jackentasche. Sollte sie doch daheim auch noch eine Überraschung erleben.

In der Grundschule ging es weiter.

Hier hörte er sofort mit dem Juckpulver auf, denn zwei Kinder aus dem Kindergarten waren mit in seiner Klasse. Da wäre es sofort aufgefallen, denn die beiden Kinder waren die Zwillinge des Pfarrers.

Die standen weit über jeden Verdacht jemals etwas Böses zu tun. Sie waren so richtige kleine Musterengel.

Aber es gab ja andere Kinder. Björn zum Beispiel. Er war das geborene Opfer. Jedenfalls empfand Rigobert das so. Denn Björn war der Star der Klasse. Die Mädchen himmelten ihn an. Beim Fußball war er der beste Stürmer und auch im anderen Unterricht war er sehr gut. Björn hatte ein Fahrrad. Einen blitzblauen Flitzer. Damit fuhr er gerne Rennen, gegen die anderen Mitschüler. Es ging über die Grabenstraße runter bis zum Graben. Deshalb hieß die Straße so.

Es war an einem Freitag, nach dem Unterricht. 12.30 Uhr. In der ersten Reihe am Start standen Björn in der Mitte, dann Raffi, Bengt, Kalle und Rigobert. Rigobert sollte für Jonas einspringen, der gerade mit einem entzündeten Blinddarm im Krankenhaus lag. Am Ziel standen Mose und Jakob, die Zwillinge. Sie sollten entscheiden, wer der Sieger war. Das Rennen ging wie folgt ab: Start, Schwung holen und wer als letzter vor der Rasenkante bremst hat gewonnen. Zwei Meter hinter der Rasenkante war der Graben. Ein Ökograben mit viel Wasserpflanzen, Fröschen und anderen Dingen, aber auch Müll unter der Wasseroberfläche. Es dauerte nur wenig Meter und Björn war vorne. Raffi und Bengt konnten noch kurz mithalten, Kalle und Rigobert lagen hinten. Dann wurde auch noch Kalle überholt. Rigobert wollte nicht Letzter sein. Die Fahrt ging über fast einen Kilometer. Der Tacho zeigte Höchsttempo an. Schon waren die Zwillinge zu sehen. Kalle gab auf. Rigobert bremste auch langsam. Er konnte nicht mehr gewinnen. Dann kam die Graskante in Sicht. Raffi und Bengt stiegen voll in die Bremsen. Björn trat noch ein letztes Mal durch und wollte dann bremsen. Doch statt mit einer halben Drehung zum Stand zu kommen, so bremste er immer, raste er über die Grasnarbe hinaus. Im hohen Bogen fiel er in den Graben.

Rigobert besuchte ihn mit den andere im Krankenhaus und teilte ihm mit, dass Raffi der Sieger geworden war. Ordnung muss schließlich sein.

Seit dieser Zeit kann Björn nicht mehr Fahrrad fahren. Er muss sich erst einmal an den Rolli gewöhnen, den er wohl für den Rest seines Lebens braucht.

In der Gymnasialstufe war es Henry, der von einer Schlange gebissen wurde, die irgendwie in sein Zimmer gekrochen war. Warum ließ er auch sein Fenster offen, wenn er schon im Basement wohnte. Seit dieser Zeit ist seine Hand gelähmt. Die Hand mit der er Rigobert einmal geohrfeigt hatte. Nur weil Rigobert sich eine Pommes von seinem Teller genommen hatte.

Rigobert trug seinen Erfolg in sein Tagebuch ein. Der Eintrag lautete: Wenn Deine Hand jemanden schlägt soll sie verdorren.

Mit 25 änderte Rigobert seinen Namen. Jetzt heißt er Thadäus Hahnenkamm.

Pommes frites – selbst gemacht

1 kg fest kochende Kartoffeln, 3 EL Öl, Salz, Gewürzmischung für Pommes, Rosmarin, Knoblauch.

Die Kartoffeln ca. 10 Minuten in Salzwasser kochen und dann abgießen. Mann kann sie vorher schälen, muss aber nicht.
Rosmarin klein schneiden und zusammen mit dem Öl und dem Pommesgewürz mischen.
nach dem Abkühlen die Kartoffeln in 1 x 1 cm dicke Streifen schneiden. Die Kartoffelstreifen auf dem Backblech verteilen und mit einem Pinsel die Ölmischung darüber streichen.
Backofen gut vorheizen und die Pommes bei 200 Grad C. ca. 15 .- 20 Minuten im Ofen lassen.

Das Eisbein

Da liegt es nun vor dir:
fett, gesotten, die glänzende Speckschwarte,
sie dampft vor sich hin.
Vor sich und vor dir.

Langsam läuft dir das Wasser im Munde zusammen.
Herrlich, dieser satte Geruch, der ihm entströmt.
Sauerkrautfasern hängen am Tellerrand,
eine Wacholderbeere lugt einsam hervor.

Das matte Messer wird noch einmal geschliffen,
dann sticht die Gabel zu,
du schneidest die Schwarte an,
genießt den Kartoffelbrei.

Unmengen Speck, schwabbelnd und festes Fleisch –
nicht ganz durchgegart, weil zu massig,
türmt sich auf, vor deinem Auge,
drinnen der mächtige Knochen.

Du schwelgst im Genusse,
lässt dem Appetit freien Lauf.
Satter bist du, von Bissen zu Bissen.
Eine Fettbahn sucht sich ihren Weg.

Dann liegt er vor dir,
sauber entfleischt, keine Faser mehr tragend.
Da, noch ein Sauerkrautfaserich.
Der Eisbeinknochen.

Müde streicht deine Hand dann den vollen Bauch,
prall und gesättigt vom Mahle.

Das war doch ein Schmaus – ohne Frage.
Speckschwartenglänzendes, duftendes Eisbein.

Eisbein auf Sauerkraut
10 gr. Gänseschmalz, ½ Zwiebel, 380 g Sauerkraut, 1 Tl Kümmel, 1 TL
Pfeffer und Salz, 1 TL Zucker, einige Wacholderbeeren, 1
Lorbeerblatt, 1/8 Liter Weißwein, 1 kg Eisbein, 400 g Kartoffeln, 6
Tl Senf.
Gänseschmalz in einem Schmortopf auslassen. Feingehackte Zwiebeln
darin andünsten und das Sauerkraut zufügen. Kräftig durchschmoren
lassen. Mit ½ Tl Kümmel, Zucker, Pfeffer, Salz, Wacholderbeeren
und Lorbeerblatt würzen. Weißwein zufügen und die Hitzer
herunterschalten. Das Eisbein auf das Sauerkraut legen und den
Deckel auflegen. Nach 30 Minuten das Eisbein umdrehen und dann ca.
50 Minuten weiter köcheln lassen. Inzwischen Kartoffeln kochen.
Eisbein mit Senf zum Würzen reichen.

Trennung

Paul ging heute das erste Mal zu einer dieser Veranstaltungen, die auf etwas welligen, verregneten mit „Ü30 Party-Plakaten" angekündigt werden. Auch der Ort der Party ist fast immer der gleiche. „XY-saal oder Discothek Chez nous". Beide leiden unter unguter Auslastung und suche jetzt als letzten Ausweg den Halt bei einer „Ü30 Party" zu finden. Wenn sie Glück haben und „Jonny Why" ist anwesend und singt seinen Schlager, mit dem er vor 16 Jahren einen Einmalhit hatte, dann wird es vielleicht voll. Ist es aber „Jonny Why Revival", dann sind nur noch die Hälfte der Gäste da. Außerdem ist der Anteil der Männer sehr viel geringer, als die 50 %, die sich der Eventveranstalter versprochen hatte. Ein ausgewogenes Verhältnis der Geschlechter fördert die Stimmung. Alte Eventweisheit.

Also Paul hatte sich zurecht gemacht. Mit 43 hatte er es eigentlich nicht nötig, aber er ging. Mutter hatte es ihm auch erlaubt. Denn Paul lebte noch bei seiner Mutter. Er verdiente zwar gut. Schließlich war er Abteilungsleiter bei einer Versicherung, aber Hotel Mutti war eben bequem. Das Essen stand pünktlich auf dem Tisch, das Zimmer wurde gemacht und Mutti verweigerte jeden Zuschuss. Sie war eben 113 % Mutti. Es gab eine Ausnahme. In dem jährlichen Urlaub, den Sie mit Paul machte zahlte Paul alles. Und diese Urlaube, die seit zehn Jahren immer nach Heiterwang in Tirol gingen, waren preiswert. Sie fuhren mit dem Auto dorthin und hatten ein Appartement mit Selbstverpflegung. Mehr brauche ich wohl nicht zu sagen.

Also Paul hatte sich zurecht gemacht. Mutti hatte zugestimmt, dass er zu der Party ging. „Es wird auch mal Zeit, dass Du unter die Leute kommst", hatte sie gesagt, als Paul ihr von seinem Vorhaben erzählte. Dann hatte sie ihm die Kleidung herausgelegt. Die Party fand im Pfarrsaal von St. Marien statt. Also musste er korrekt angezogen sein. Sie fand die graue Hose, das hellblaue Hemd, den Blazer mit den Goldknöpfen und die Krawatte mit den Ankern drauf sehr gut. Dazu die schicken, schwarzen Schuhe. „Viel Spass und komm nicht zu spät nach Hause", hatte sie ihm noch mitgegeben, bevor er zum Pfarrsaal und sie zum Fernseher ging. Sicher würde sie wach bleiben, bis er wieder nach Hause kam. Um 23.00 Uhr würde sie ins Bett gehen und dort lesen, damit sie auch hörte wenn er leise die Türe aufschloss. Erst dann würde sie ruhig schlafen können.

Paul erreichte den Pfarrsaal. Da hätte er nicht gedacht. Der Saal war richtig voll und nicht nur Frauen, auch jede Menge Männer, alle über Ü30. Die Musik war so laut, dass er sich erst einmal daran gewöhnen musste. Überall waren Tische um die Tanzfläche aufgestellt und mit einem Schild „Selbstbedienung, Bonverkauf neben der Toilette".

Paul fand einen Tisch, der noch leer schien. Er holte sich für 10 Euro Bons und ein Kölsch an der Theke. Ausgerechnet Udo, sein Mitarbeiter, machte dort den Barkeeper. „Ein Kölsch bitte", hatte er gesagt und Udo tat so, als hätte er seinen Chef nicht erkannt. „Aber gerne doch und viel Spaß auch." Mit dem Glas in der Hand ging er zurück an den Tisch. Direkt neben dem Tisch tanzte ein Typ, der sicher noch besser ausgesehen hätte, wenn er 70 Kilo weniger gewogen hätte. Trotz der Körperfülle bewegte er sich sehr gut zu den Rhythmen, welche die Musik vorgab. Gut, vielleicht hätte er auch weniger geschwitzt. Hin und wieder flog ein Tropfen in Richtung Paul. Paul sah sich um. Da gab es doch eine ganz Menge Frauen, die auch seinem Geschmack entsprachen. Hinten, an der Wand, direkt neben dem Fenster saß sie. Die Frau war einfach der Hammer. Wieso saß sie so alleine und tanzte nicht? Hatte sie schon getanzt und ruhte sich aus? Konnte sie vielleicht nicht laufen? Roch sie unangenehm? Er musste es ausprobieren. Beim nächsten Lied würde er sie auffordern. Ganz der Gentleman stand er vor der Lady. Lange tizianrote Haare, ein Gesicht wie aus einer Glamourzeitung und eine Figur, wie sie jedes Modell sich erträumte. „Darf ich um diesen Tanz bitten?" Die Lady stand auf. Sie war etwas kleine als Paul, nur ein wenig. Ohne die hohen Absätze, eigentlich höchsten Absätze, die Paul je gesehen hatte, wäre sie sicher einen Kopf kleiner als er. „Aber gerne doch." Die Stimme war der Hammer. Rauchig, ein wenig rauh und erstaunlich tief, aber Erotik pur. Das enge rote Kleid reichte vom Boden bis unter das Kinn. Ein Schlauch voll Erotik. Eine Stola rutsche auf den Stuhl, dann legte sie einen Arm um die Schulter. Paul war wie elektrisiert. Es lief ihm nicht nur eiskalt über die Schultern, das Zittern ging durch alle Knochen. Paul legte seine Hand auf die Hüfte und merkte, wie sich die Dame an ihn schmiegte. „Ich bin übriges Kim", hauchte sie ihm ins Ohr. Mehr bekam Paul nicht mit. Sein Gehirn war wie ausgeschaltet. Es folgte ein Tanz auf den anderen. Dazwischen holte er eine Flasche Sekt Hausmarke und öffnete die Flasche. Kai war faszinierend. Diese Hände, die sanft über seine Hosenbeine strichen waren wie Starkstromleitungen, die ihn unter Strom setzten. Paul musste sich zusammenreißen, denn er merkte, dass die Erotik ihm ganz schön einheizte. Um Mitternacht spielte man ‚Kriminal Tango'.

Paul und Kim verstanden sich hervorragend, obgleich Paul nicht mehr sagen konnte, was er Kim schon alles von sich erzählt hatte. Dann fiel ihm der Satz seiner Mutter ein: ‚Komm nicht zu spät nach Hause.'

„Ich muss jetzt leider gehen. Sehen wir uns wieder", wagte er zu fragen.

„Ich komme gerne mit, oder kannst Du mich nach Hause begleiten. Wir sind doch alt genug, um für uns zu entscheiden." Kim sah ihn mit den blauen Augen an und klimperte mit den Wimpern. Paul schmolz dahin.

Gemeinsam fuhren sie zu Kim. Erst einmal war Paul geschockt, doch dann verfiel er wieder Kims Charme.

Um 5.00 Uhr war er wieder zu Hause. Mutti war eingeschlafen, wachte aber auf, als sie den Schlüssel hörte. Sie tat so, als ob sie schliefe.

Als Paul am morgens frühstückte fragte sie vorsichtig, ob es ihm gefallen habe.

„Ja Mutti und ich habe Kim kennengelernt. Deshalb wurde es auch etwas später."

„Ist doch gut so." Die Mutter hoffte, dass es nur eine einmalige Geschichte war.

„Und ist sie nett? Wie sieht sie denn aus." Sie wollte zwar ihren Sohn für sich behalten, gönnte ihm aber auch eine Freundin. Ohne Freundin gab es vielleicht Gerede. Von wegen keine Frau an seine Seite und so. Na ja, Sie wissen schon.

„Sehr nett", brachte Paul zwischen zwei Bissen ins Marmeladenbrötchen heraus und verschluckte sich beinahe. „Wir haben uns ineinander verliebt. Am Samstag treffen wir uns wieder. Kim hat mich zum Essen eingeladen. Leider nur mich."

„Ist doch gut Junge, es wird ja auch mal Zeit, dass Du eine andere Frau als nur Deine Mutter kennenlernst. Ich gönne Dir das ja." So ganz echt klang das nicht, ein wenig Furcht klang mit. „Vielleicht kann ich sie dann ja auch mal hier bei uns kennenlernen."

„Gerne Mutti, ich rede mal mit Kim darüber."

Paul war den ganzen Tag auf der Arbeit mit seinen Gedanken bei Kim. Selbst als Udo ihm ein paar Unterlagen brachte und ihn ansprach war er nicht ganz bei der Sache. „Und war es noch nett mit Kim?"

„Ja, sehr nett."

Udo grinste. Ob er Bescheid wusste?

Paul freute sich auf das Wochenende. Zur verabredeten Zeit trafen sie sich bei Kim. Dieses Mal war Paul leger angezogen und Kim auch. Die Jeans und das Poloshirt standen ihm aber auch erstaunlich gut.

Paul hatte sich von seiner Vorstellung getrennt, dass er immer nur an der Seite seiner Mutter leben würde. Jetzt war Kai sein Partner. Ob Mutti das überleben würde?

Kakao

Es hätte eigentlich ein schöner Tag werden können, wenn nicht die Sache mit der Münze gewesen wäre.

Ich hatte wieder einmal Lust auf Lust. Lust auf eine Tasse heiße Schokolade. ich sage extra Schokolade, weil Kakao so grob klingt.

Nun braucht man für diesen Automaten im gemütlichen Rund bei Thalia eine Eineuromünze für das Getränk der Inkas. Also heraus mit der Geldbörse.

Ziemlich prall. Tankquittungen, Kreditkarten, ADAC und so und jede Menge Münzen. 1 Cent, 2 Cent, 5 Cent, 10 Cent, 20 Cent, 50 Cent und 2 Euro. Alles, aber keine Eineuromünze.

Ich frage meine Ladies vom Fanclub Kaffee Klatsch, ob jemand wechseln kann.

Wühlen in Handtaschen. Im Schnitt wühlt jede Frau sieben Tage im Leben in Handtaschen.

Doch keine der Damen findet eine Münze im Wert von 1 Euro. Eine Mitarbeiterin hilft uns aus unseren Nöten.

„Es tut mir leid, aber Kakao ist leider im Augenblick aus. Wollen Sie vielleicht lieber einen Kaffee?"

Ich weiß schon, warum ich Schokolade wollte. Ich mag keinen Kakao und auch keinen Kaffee – und zu dick bin ich außerdem auch.

Knete

Hallo, denken Sie doch nicht schon wieder an Geld. Nein, ich bin noch so echte Knete, wie im Kindergarten oder zuhause die Knete. Die, welche zwischen Bundstiften und Modellautos aus dem Supermarkt ihr Dasein fristet. Aber ich fühle mich nicht mehr so wohl. Wer von Ihnen lag denn schon mal entspannt in einem Porsche oder war am Steuer eines Schaufelbaggers. Und das ein halbes Jahr lang.

Noch vor einem halben Jahr war ich total in, da haben mich die kleinen Kinderhände von Adam immer wieder genommen und mich geformt. Ich wollte Ihnen ja nur kurz erzählen, wie das so ist, wenn man was ist, was wird.

Ich war zum Beispiel schon mal ein Cowboy. Mit gutem Willen konnte man das sogar erkennen. Adam gab sich alle Mühe. Er hatte einen Mustercowboy aus Plastik neben mir stehen und formte mich nach. Ich fand, dass ich viel besser aussah, bis Max reinkam. Max ist der große Bruder von Adam. Max lachte laut und haute mich mit der Faust platt. Platt wie ein Pfannkuchen. Der Hut, meine Hüfte und meine Füße waren eins. Was aber viel schlimmer war, Max lachte laut. Danach war ich erst einmal eine Weile wirklich platt. Denn Adam ließ mich einfach liegen. Zwei Tage lang lag ich auf dem Boden des Kinderzimmers, dann wollte die Mutter das Zimmer wischen. Sie sah das Malheur. Vor zwei Tagen hatte Adam ihr noch den Cowboy gezeigt und sie hatte ihn ernsthaft bewundert, für seine Genauigkeit. Mit einem Küchenmesser schabte sie die Knete vom Boden und rollte alles zusammen. Sie hatte Spaß wieder einmal Knete in der Hand zu haben. Zwischen den Handballen rollte sie eine lange Schnur, dann formte sie daraus ein Brezel und legte sie ihrem Sohn auf den Tisch. Da lag die Brezel nun. Als Adam mit dem Vater vom Einkaufen wiederkam, sah die Brezel sofort. „Mama, Mama, lass uns doch mal richtige Brezeln backen."

Später dann wurde ich eine Palme oder ein Mammutbaum oder so was. Jedenfalls ein Baum. Adam hatte Blätter aus grünem Papier gemacht und steckte sie oben in meinen Stamm. Im Kindergarten hatte sie wohl über Pflanzen gesprochen. Mit seinen Legosteinen baute er ein Dorf. Mit einem Platz mitten drin, dann stellte er mich mitten rein. In der Schule bekam er eine sehr gute Note für mich. Wie stolz ich doch war. Ich wurde sogar fotografiert und kam in das Klassenalbum. Sogar am Elterntag wurde mein Bild herumgereicht.

Danach wurde ich mit anderer Knete zusammengemengt und wuchs zum Drachen auf. Ein echter Drache. Aus roten Pfeifenreinigern seines Vaters machte Adam Feuerschweife, die mir aus der Nase kamen. Um die Flügel zu stärken hatte er weiße Pfeifenreiniger mit grüner Farbe aus dem Malkasten angemalt. Die Flügel standen richtig breit ab und ich sah gut aus. Jedenfalls so lange, bis die Sonne direkt durch das Fenster auf mich fiel. Danach hingen meine Flügel durch.

Mein Karriere als Monster war noch kürzer. Eine ganze Stunde, dann fiel ein Fußball auf mich und seit der Zeit liege ich jetzt zwischen den Modellautos und anderen Dingen in der Kiste.

Vielleicht erwache ich ja doch noch einmal zu neuem Leben.

Adam hat jetzt andere Interessen. Sein Hamster. Tja und Hamster und Knete, das sind zwei Welten, die nicht zusammen passen. Deshalb stopfte er die Knete auch in den Hamster hinein. Ob er wollte oder nicht, die Knete musste er schlucken. Leider bekam sie ihm nicht. R.I.P.

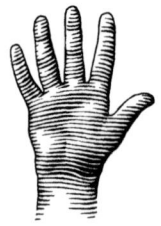

Gänseklein

Gänseklein sind keine kleinen Gänse, obgleich ist mir das gerne vorstellen möchte. Nein Gänseklein ist ein Gericht. Meist aus Resten von Gänsebraten gemacht.

Jean-Luc hatte ein kleines Lokal in der Altstadt von Düsseldorf. Jean-Luc Bellevue stammte, seiner Aussage nach, aus Bordeaux, doch in Wirklichkeit hieß er Hans Schönblick und war in Halle an der Saale geboren. Er war jahrelang Mitarbeiter einer Organisation gewesen, die im Volksmund ‚Ohr und Auge' genannt wurde. Er war Agent der Staatssicherheit. Und seine Spezialität war das ‚Weichmachen' von Mitbürgern, die ihm zugeführt wurden, aber nicht aussagen wollten. Rhetorisch konnte ihm kaum einer das Wasser reichen und als er einmal einen wichtigen Mitbürger weich gemacht hatte, musste er für einige Zeit untertauchen. Die Zentrale war so freundlich und schickte ihn nach Frankreich, wo er Informationen sammelte und in das Ministerium schickte. Damit seine Tarnung stimmte, arbeitete er als Koch. Den Beruf hatte er früher einmal erlernt. Ein Jahr vor der sogenannten Wende holte ihn das Staatsministerium für innere Sicherheit wieder zurück. Schade, wie er fand. Aber als man ihn gleich um zwei Stufen beförderte stimmte er zu. Damals dachte noch niemand daran, dass dieser Staat in zwei Jahren nicht mehr existieren würde. In Frankreich hatte er sehr viel gelernt und so kochte er immer wieder auch für die hohen Herren, die sonst niemand so richtig kannte.

Der Minister selbst hatte ihn beauftragt und ihn gleich gebeten, sich mal vorsichtig mit einem bestimmten Herrn zu unterhalten. Hans war entsetzt, wie sollte er aus diesem Mann etwas herausbekommen? Der war ja Spitzenfunktionär.

Aber Hans kochte, kochte wie Gott in Frankreich, oder wie Hans in Halle und das Essen war ein Genuss.

„Weißt Du, Genosse, dass wir solche Leute bei uns beschäftigt haben?" Der Angesprochene nickte nur.

Nach dem Essen gab es noch einen Empfang und Hans durfte mit dabei sein. Er versuchte seinen Auftrag zu erfüllen. „Stimmt es eigentlich, dass es bei uns Kräfte gibt, die unseren Staat stürzen wollen." Auch hier nickte der Angesprochene nur. „Gibt es?" „Gibt es!"

Hier war nichts zu machen, nicht bei diesem Empfang.

Dann liefen dem Staat die Menschen davon. Hans verstand sie. Luxus war immer besser als Parteidoktrien – überall – wo auch immer.

Es war ein Mittwoch, als man Hans den Mann vorführte, den er hatte aushorchen sollen. Er stand im Verdacht, sich absetzen zu wollen. Hatte er nicht gewusst, dass ein hohes Amt ihn nicht vor der Stasi schützte?

Dann holte man ihn aus dem Verhör heraus. Der Minister war selbst dabei. „Genosse Schönblick, setzen Sie den Mann unter Druck, machen Sie was Sie wollen." Das war ein Angebot.

Hans ging wieder in den Verhörraum. „Genosse, wir haben ihre Tochter in Gewahrsam genommen, wir wollen doch nicht, dass sie sich nach Prag verläuft, wo sie ja sicher gar nicht hin will. Aber jetzt, wo sie hier sind, da hat sie ja keinen Halt mehr. Die Mutter hat rübergemacht vor einer Woche, Sie hier bei uns, was soll sie da alleine?" Der Angesprochene schwieg. Eine ganze Woche lang sagte er nichts. Er schwieg.

Eine Sache wunderte ihn. Er wurde im Gefängnis bekocht, als sei er bei einem Staatsbankett. Dann kam das letzte Verhör. „Genosse, wollen Sie uns jetzt sagen, ob sie die Revolution unterstützen oder nicht?" Schweigen war die Antwort. „Wissen Sie eigentlich, was Sie da jeden Tag gegessen haben? Das Fleisch, die Leber, der Schinken? Alles ihre Tochter. Sie wollte zwar erst nicht, aber nachdem wir ihr sagten, dass Sie ein Verräter seien, den die Todesstrafe erwarten würde, gab sie nach und sich hin. Gutes Fleisch muss ich schon sagen."

Der Angesprochene griff sich ans Herz. „Ihr Schweine."

„Nicht Schweinefleisch, Tochterfleisch." Ein zweiter Griff ans Herz genügte und der Angesprochene sackte zusammen. Er gab alles zu und kam nach Bautzen. Sein Glück war, dass kurze Zeit später das Volk siegte. Als er entlassen wurde, war er ein Greis, nicht nur im Körper, sondern noch mehr im Geist. Er bekam gar nicht richtig mit, dass seine Tochter ihn am Tor abholte.

Nach der Wende hatte Hans Schönblick neue Papiere. Alle echt. Und neue Freunde. Die Vorsitzenden der größten Inkassogesellschaften mit Sitz in Moskau, St. Petersburg, Kiev und sonst wo.

Hin und wieder bestellen Sie ein Sonderessen in einem kleinen Schloss, welches als Gästehaus für spezielle Kunden und säumige Zahler umgebaut wurde. Offiziell ist es eine Nervenklinik. Und immer wenn Jean-Luc Bellevue hier kocht, gibt es einen Patienten mehr. Sein Essen schmeckt göttlich. Warum auch nicht? Es ist aus den besten Zutaten gemacht, nicht aus dem, was die Eingeladenen denken. Irren ist eben menschlich.

Gänseklein auf Münchener Art

1 Port. Gänseklein, bestehend aus: Flügel, Hals und Innereien.
1 Zwiebel, 2 Gewürznelken, 2 Lorbeerblätter, 1 EL Senfkörner, 125 ml Essig, 100 g Gänseschmalz, 2 EL Mehl, Salz

Man kocht alle Zutaten, außer Fett und Mehl ca. 45 Minuten in gesalzenem Wasser. Am nächsten Tag alles von den Knochen lösen, restliche Innereien in feien Streifen schneiden. Aus Mehl und Fett eine helle Einbrenne zubereiten, langsam bis zu einer sämigen Sauce mit dem Gänseklein aufgießen. Fleisch dazugeben und kochen bis das Fleisch weich ist.
Semmelknödel dazu ist fast ein Muss.

Wohlfühlgedanken

Nee, was ist das schön, diese Minuten in meinem Leben. Ich bade gemütlich. Ich lasse mich richtig verwöhnen.
Es ist so toll, sich in diesem Bad treiben zu lassen. Wenn das nur ewig so gehen könnte.
Ich drehe mich auch herum, damit ich von allen Seiten braun werde. Jetzt wächst alles schön zusammen, hält wie zusammengebacken aneinander fest.
Es brodelt um mich herum, spritzt und kitzelt mich. Und es ist heiß, aber so liebe ich es. Sonst würde ich ja nicht so werden, wie ich sein will. Ich wäre ekelhaft, käme mir matschig vor. Aber ich muss auch aus dem richtigen Material gemacht worden sein. Sonst bin ich nicht ich.
Und dann kommt der Augenblick, wo ich aus dem Bad steige. Wie mich die Blicke der Menschen schon verzehren. Wie denen das Wasser im Munde zusammen läuft.
Dem Kollegen ist neulich was Schreckliches passiert. Er fiel runter und brach sich das Genick. Gleich wanderte er in die Entsorgung. So brutal geht man mit Unfallopfern von uns um.
Und dann kommt die Überraschung. Werden wir klassisch mit Salz bestreut, oder klatscht man so einen Haufen Apfelmus neben uns? Garniert man uns mit Lachs und Kavier. Legt man uns auf einen hochherrschaftlichen Teller oder werden wir zwischen zwei Papiere geklemmt? Wir wissen es erst, wenn die Entscheidung gefallen ist. Kirmes oder 5-Sterne-Gastronomie.
Wenn dann unser Verzehrer „lecker, wirklich lecker" von sich gibt, dann sind wir zufrieden. Wir, die Reibekuchen.

Reibekuchen, Kartoffelpuffer

1 kg festkochende Kartoffeln geraffelt reiben., 1 gr. Zwiebel fein gehackt, Eier, 2 EL Kartoffelmehl, Salz, Pfeffer, Muskat, Maggi, klein gehackte Petersilie, klein gehackter Schnittlauch, Öl

Die geriebenen Kartoffeln in einem Tuch ausdrücken, mit den Zwiebeln, Gewürzen, Kräutern, verquirlten Eiern, sowie der Kartoffelstärke vermengen. In einer guten Bratpfanne Olivenöl erhitzen, die Puffermasse esslöffelweise hineingeben und goldbraun ausbacken.

Apfelbaum

Im Garten steht ein Kindertraum,
ein großer, alter Apfelbaum.
In Ästen, die zum Himmel recken,
kann man sich tief im Laub verstecken.
Er mag am liebsten doch die roten,
muss vorher die Gefahr ausloten,
denn wenn der Nachbar zu ihm schaut,
und sieht wie er die Äpfel klaut,
dann muss er wieder Rasen fegen,
statt auf die faule Haut sich legen.
Und wenn er auf den Baume steigt,
die Taschen werden prall,
die Hose sich nach unten neigt
und tut dann einen Fall,
dann muss er schnell nach Hause gehn,
bevor ihn die Geschwister sehn.
Der Bauch ist prall vom Apfelschmaus.
Damit ist dies Gedicht jetzt aus.

Schwere Last

Die Sonne schien und es versprach ein schöner Tag zu werden. Auch der Wetterbericht hatte ein stabiles Hoch angesagt und dementsprechend war die Stimmung im Allgemeinen gut.

Bertil war auch glücklich. Er hatte heute frei und wollte den Tag genießen. Erst einmal hatte er ausgeschlafen und dann in aller Ruhe ein lauwarmes Bad genommen, denn in der Nacht war es nicht merklich kühler geworden. Jetzt saß er bei einer Tasse Kaffee und einem aufgebackenen Brötchen auf dem Balkon und genoss den Ausblick über die Wiese.

Er war so entspannt, dass er sogar auf Kleinigkeiten achtete, die er sonst nie so sah. Den krummen Baum dort hatte er noch nie so schön gesehen wie jetzt. Der Baum war schon etwas Besonderes, denn er war äußerst schief. Warum?, fragte er sich. War er schief eingepflanzt worden, war er zu einer Seite einst abgesackt oder hatte der Wind hier sein ganzes Werk getan? Solange er den Baum kannte, solange stand der schon schief. Dieser Baum hatte noch mehr Merkwürdigkeiten. Er war auf der einen Seite grün und auf der anderen Seite vertrocknet. Jedes Jahr versuchten ein paar Blätter auch die kahle Seite wieder grün aussehen zu lassen, doch schon nach wenigen Tagen fielen die Blätter vertrocknet ab. Auf der anderen Seite blühte der Baum wunderschön mit kleinen Blüten und stand dann den ganzen Sommer über mit dunkelgrünen Blättern da. Bertil war sich sicher, dass dieser Baum schon in etlichen Kalendern ein Blatt zierte. Aber so schön wie heute hatte er ihn noch nie gesehen.

Um ihn genauer sehen zu können, nahm er sein altes Fernglas, welches er von seinem Großvater geerbt hatte und suchte den Baum. Wie nah er auf einmal war, zum Greifen nah. Die abgestorbene Seite war leer. Nicht einmal ein Vogel saß auf einem der Äste. Im anderen Teil entdeckte er ein Vogelpärchen, bei dem das Männchen um die Gunst seiner First Lady balzte. Er tanzte um sie herum und plusterte sich auf. Dabei sprang er geschickt von einem Ast auf den anderen

Ast, immer wieder seine Angebetete im Blick. Die kleinen Äste bogen sich richtig unter der Last des Vogels. Sie schnellten wieder hoch, sobald der Balzvogel weitersprang. Ob das auch zum Liebesspiel gehörte? Bertil war begeistert. Er fand sogar einen gewissen Tanzschritt heraus. Ob das da eine feste Choreografie gab? Das wollte er weiter beobachten.

Dann kam eine Frau mit einem Hund auf seinem Spaziergang vorbei. Bertil vermutete, dass sich der Hund den Baum als Stammbaum aussuchen würde, um sein Geschäft mit ihm zu machen. Doch der Hund schnupperte nur kurz und zog sein Frauchen weiter. Er kannte den Weg, den sie gehen wollte. Was blieb der alten Frau anderes übrig als zu folgen. Als nächstes entdeckte Bertil die Eichhörnchen, welche den Baum immer hinauf und herunter liefen. Er hatte sonst immer beobachtet, dass die Eichhörnchen sich, wie in Spiralen, rund um die Bäume jagen, aber hier mieden sie die tote Seite des Baumes. Ob das irgendetwas zu bedeuten hatte?

Wer konnte Bertil wohl etwas dazu sagen? Hier gab es nur Neubauten. Neubauten jedenfalls, die jünger als der Baum waren. Da kannte wohl niemand die Geschichte des Baumes.

Was Bertil aber auch wunderte, war die Tatsache, dass dieser Baum noch nicht gefällt worden war. Er musste sich auch ehrlich gestehen, dass er noch nie bis zu diesem Baum gegangen war, denn es führt nur ein kleiner, schmaler Trampelpfad dort hin. Hundebesitzer gingen dort hin, aber sonst niemand. So als ob ein unsichtbares Schild davor warnte. Doch heute wollte er selbst einmal nachsehen, was es mit diesem Baum auf sich hatte. Er zog sich seine kurzen Hosen und ein buntes Hemd an und schlüpfte in seine Sandalen, dann nahm er noch seinen Fotoapparat und machte sich auf den Weg. Es war ja nicht weit, selbst bei der aufkommenden Hitze nicht, doch der Weg zog sich. Die Straße war staubig und wurde immer steiniger. Rechts und links waren Felder. Die Gerste, er kannte noch die Getreidesorten, das hatte er als Kind gelernt, stand fest da und schließlich erreichte er den schmalen Pfad. Kein Hinweisschild, kein Verbot diesen Weg zu nehmen. Eine leichte Brise ließ die Gerste im Wind schwanken, als er abbog. Vorsichtig setzte er Schritt für Schritt nach vorne. Der Baum kam immer näher und wurde größer als er es sich vorgestellt hatte.

Dann stand er vor dem Halbtoten. Um den Stamm war eine kleine Freifläche, die mit Steinen gepflastert war. Das hatte jemand mit viel Liebe und Mühe gemacht. Es waren keine Pflastersteine, keine Katzenköpfe, es waren alles größere Kieselsteine, die ordentlich nebeneinander lagen. Ein Kreis nach dem anderen, wie eine Spirale. Die Zeit hatte die Steine inzwischen mit Staub verbunden. Kein Stück Gras wuchs dazwischen. Es sah fast so aus, als sei dieser Strudel Steine noch nicht fertig. Er konnte jederzeit fortgesetzt werden. Der letzte Stein schien noch nicht lange dort zu liegen. Bertil war wie gebannt. Was bedeutete das? Das hatten doch Menschen gemacht. Das musste doch einen Sinn haben. Vorsichtig ging er einmal um den Baum herum. Auf der Rückseite, der kahlen Seite, fand er einen besonderen Stein. Der war eckig und als achtzehnter Stein in den Zirkel eingelassen. Bertil zählte weiter. Dann stellte er fest, dass es sich bei jedem achtzehnten Stein um einen schwarzen Kieselstein handelte. Das hatte System. Welches? Warum jeder achtzehnte Stein? Das musste er herausfinden. Jetzt hatte er ja einen Anhaltspunkt, denn auf dem ersten, der jeweils achtzehn Steine stand: „Ich trug einmal eine schwere Last". Merkwürdig diese Aussage. Was für eine schwere Last mag das wohl gewesen sein? Bertil musste das herausfinden. Er blieb noch eine Weile bei dem Baum und zählte die jeweils achtzehnten Steine. Er kam auf 327 achtzehnte Steine und der letzte Zyklus trug schon den sechszehnten Stein. Das waren 5902 Steine. Eine ganze Menge. Vor seinem Balkon aus hatte er diesen Kreis nie richtig gesehen. Die Natur hatte ihm den Blick immer irgendwie versperrt. Entweder Getreide oder Schnee. Entweder Regen oder gleisende Sonne. Man musste wirklich hingehen, um es zu sehen. Bertil ging gedankenverloren wieder nach Hause.

Mit Hilfe seines Computers suchte er nach einer Lösung. Er brauchte lange, bis er etwas fand. Es handelte sich um einen seltenen

Speierling. Und sein Baum trug sogar einen Namen: Der Johannesbaum. Mehr konnte er nicht erfahren. Es gab noch drei Bilder im Netz zu finden und den Namen.

Bertil wurde immer neugieriger. Doch was sollte er machen?

Die nächsten Tage legte er sich auf die Lauer. Irgendwer legte ja auch die Steine dort hin. Das musste man doch herausfinden können. Wie gut, dass er ein paar Tage frei hatte. Mit dem Fernglas, einer Kanne Tee und einem Notizblock legte er sich auf die Lauer. Im Hintergrund hatte er klassische Musik laufen. Sein Lieblingskomponist Händel lieferte die richtige Muse dazu.

Hoffentlich kam die Person nicht, wenn er einmal weg musste. Er war ja auch nur ein Mensch. Den ersten Tag passierte nicht viel. Bertil erkannte die Menschen wieder, die jeden Tag mit den Hunden spazieren gingen. Bei einigen Hunden kannte er die Namen, nicht aber die der Herrchen. So ist das eben. Aber niemand von denen ging den kleinen Trampelpfad entlang. Am späten Abend sah er eine alte Frau mit einem Stock am Feld vorbei gehen. Sie ging schwer, gebeugt und vom Alter gezeichnet. Mit dem Fernglas sah er der Frau nach. Sie ging tatsächlich zum Baum. Dort zog sie etwas aus der Rocktasche und legte es auf den Boden. War Sie die Steinlegerin?

Schnell zog sich Bertil seine Sandalen an. Er hatte barfuß auf dem Balkon gesessen. Dann fuhr er mit dem Aufzug nach unten und ging ganz gemütlich spazieren. Er tat so, als würde er einen Abendspaziergang machen. Kurz vor dem Trampelpfad sah er sich um. Es war niemand in der Nähe. Also bog er ab. Er musste der Frau ja begegnen. Doch je näher er dem Baum kam, um so nervöser wurde er. Was wollte er die Frau fragen? Konnte er sie überhaupt ansprechen? Doch wie überrascht war er, als er die Frau gar nicht fand. Sie war nicht da. Wo konnte sie nur sein? Er konnte sie nicht übersehen haben. Bertil suchte den Boden ab und fand einen neuen Stein. Er hatte sich also nicht getäuscht. Doch wo war die Frau? Sorgfältig suchte er das Feld ab, als er wieder zurückging. An keiner Stelle waren Ähren geknickt oder beschädigt. Die Frau aber blieb verschwunden. Eine geschlagene Stunde blieb er an der Einmündung stehen. Drei Hundebesitzer gingen vorbei und grüßten ihn. Die Hunde schnupperten an ihm und liefen dann schnell weg. Hatte er einen abstoßenden Geruch an sich?

Am nächsten Tag traf Bertil eine alte Bekannte. Er hatte sie schon lange nicht gesehen. Er erzählte ihr seine Geschichte und sie hörte ihm aufmerksam zu. Am Ende nickte sie mit dem Kopf und meinte nur: „Dann hast du die alte Hildegard gesehen. Das passiert nur ganz wenigen Menschen."

„Wer bitte ist die alte Hildegard?" Bertil wirkte ein wenig verlegen.

„Die alte Hildegard ist ein Phantom. Es gibt da eine alte Geschichte. Vor vielen hundert Jahren lebte hier ein junges Paar. Johannes und Hildegard. Sie waren füreinander bestimmt. So verliebt wie dieses Paar, soll es kein anderes Paar mehr gegeben haben. Doch Hildegard hatte einen Verehrer und dieser Mann soll Johannes getötet und an den Baum aufgehangen haben. Daraufhin soll der Baum verdorrt sein. Aber auf der anderen Seite hat Hildegard, der Mär nach, den Baum mit ihren Tränen gegossen. Und jedes Jahr kommt nun Hildegard und legt einen Stein an den Baum. Der achtzehnte aber ist schwarz, denn Johannes war achtzehn, als er starb. Es gibt nur wenige Menschen, die Hildegard je gesehen haben. Sie muss jetzt mindesten 300 Jahre alt sein. Wenn nicht schon älter. Du bist etwas Besonderes Bertil.

Er verabschiedete sich von seiner alten Bekannten, der Frau Hofmann. Unter dem Namen kannte er sie nämlich. Am nächsten Tag hörte er, dass sie auf dem Heimweg von einem Vogel so erschreckt worden war, dass sie tot vor der Haustüre umfiel.

In der Todesanzeige, die irgend jemand ihm in den Briefkasten geworfen hatte stand: „Ich trauere um meine beste Freundin Hildegard Hofmann. Ihre Tränen spendeten Leben. Ihr Weg war steinig und lang. Jetzt sind wir bald wieder zusammen. Johannes."

Schnitzel

Der Schnitzel ist ein kleiner Hund,
sein Bauch ist kurz und kugelrund.
Auch seine Beine sind nicht lang,
doch bei dem Anblick wird Dir bang,
denn seine Augen können blitzen,
wie Messer in die Haut einritzen.
Und seine Zähne, welch ein Graus,
schaun lang aus dem Gebiss heraus.
Dazu die Ohren, aufrecht stehn,
damit kein Ton kann ihm entgeh'n.
Sein Fell ist fleckig, ja fast bunt,
passt zu dem Kurz und Kugelrund.
Nur mit dem Namen stimmt was nicht,
er passt zu dem Gesichte nicht,
ein Schnitzel liegt doch auf dem Teller
und nicht im kühlen dunklen Keller,
wo er so gerne Schläfchen macht,
am Tag, denn in der Nacht er wacht.
Das erste Schnitzel, dass auch bellt,
hat schon so manchen Dieb verprellt.
Jetzt sitzt er fett auf seinem Po.
Er ist halt so.

Das Kuchenstückchen

„Sie da, hören Sie mir doch bitte zu, bevor Sie mit der Kuchengabel so gierig in mich hinein stechen.
Ach, Sie sind nicht gierig? Na, dann sollten Sie mal ihren Mund sehen. Wie die Zunge so über die Lippen streicht. So als könnten Sie es gar nicht erwarten, mich in Ihren Mund zu stopfen.
Ach, schon wieder gekränkt? Sie stopfen nicht. Sie sollten mal sehen, wie Ihre Augen schauen. Furcht erregend, aus meiner Sicht jedenfalls. Diese Gier, diese Stopfgier diese Lust auf ‚jetzt piecke ich zu mit der Gabel'. Geben Sie doch zu, Sie überlegen nur noch, ob Sie mit der leckeren Kante anfangen, oder mit der Erdbeere da an der Kante. Ja, genau die, die links, die größer ist als die anderen, die so schön Rot mit Tortenguss überzogen ist. Los schlagen Sie doch zu, Sie mutlose Tortenmörderin.
Ach, Sie sind weder mutlos noch Tortenmörderin? Na, was sind Sie denn dann? Sie haben doch zur Gastgeberin gesagt: „Gib mir bitte das Stück, diese Erdbeere lacht mich so an." Sind Sie etwas eine Sexistin, die mit wehrlosen Erdbeeren ihr Spielchen treibt? Ich kenne doch diesen Gesichtsausdruck. Diesen lüsternden Blick. Ich höre ja förmlich, wie Ihnen das Wasser im Munde zusammenläuft.
Ach, jetzt klappern Sie schulmädchenhaft scheu mit den Augen. Dieser „ob-ich-wohl-darf-Blick". Stechen Sie zu, brechen Sie ein Stück heraus, vernichten Sie mich. Sie wollen es doch.
Ach, jetzt haben Sie genug. Sie können wohl die Wahrheit nicht ertragen. Na ja, ich wusste es ja. Wenn man Ihnen die Wahrheit sagt, dann zeigen Sie Ihre Überlegenheit mit der Kuchengabel. Aber der Klügere gibt nach. Ich sag ja schon nichts mehr. Ich sehe ja, dass Sie mir jetzt einen Löffel Sahne draufklatschen wollen, nur damit ich mein schandloses Mundwerk halte. Aber ich sage Ihnen, der Klügere gibt......"
Mit einem sahnigen Platsch war das Erdbeerkuchenstück mundtot gemacht.
Und wie gut es geschmeckt hat. Leeeeeeeeeeeeeeeeeeeeeeeeeecker.

Guten Appetit!

Da sitzt Du nun,
speisenkartenunverständliches Un- und Neudeutsch vor Dir.
Wahl der Qual zermürbt Dich,
denn die Frage lautet:
Was soll ich nehmen?
Du hast keinen wirklichen Hunger,
nur etwas Appetit,
auf irgendetwas --- Lust auf Lust,
Doch die Frage lautet:
Was soll ich nehmen?

Dieses Sinnenspiel mit Genüssen
regt Fantasien an.
Dieses Zungenspitzenvorgefühl.
Doch die Frage lautet:
Was soll ich nehmen?

Dann kommt der Kellner,
empfehlend, ausmalend, beratend.
Drängt zur Entscheidung.
Denn die Frage lautet:
„Was woll'n Sie nehmen?"

Appetit ist schon Genuss für sich,
wenn man nur wüsste worauf.
Magenknurren mahnt Dich zur Wahl-
Denn die Frage lautet:
Was soll ich nehmen?

Dann hast Du sie endlich getroffen, die Wahl.
Alles siehst plastisch Du vor Dir.
Gerüche steigen Dir schon in die Nase.

Und die Frage lautet:
Soll ich es nehmen?

Du gibst die Bestellung auf,
freust Dich auf Speisen und Trank,
schwelgst im Genusse schon selig.
Dann hörst Du es leise. aber

vernehmlich:

„Bedauere mein Herr, aber das ist

leider gestrichen!"

Toll

Ihre liebste Freundin hieß Tanja. Sie war groß, hatte Beine, die gar nicht aufhören wollten, eine wahnsinnige Taille und die Oberweite entsprach den Wunschgrößen aller Männer. Ihre langen blonden Haare hingen weit über die Schultern und wenn sie im Geschäft war, hatte sie sie raffiniert geflochten und zu seinem Knoten gedreht. Mit ihren Zähnen hätte sie Werbung für Zahnpasta machen können.
Das Verhältnis zu Joy, ihrer besten Freundin war zwiegespalten. Mal liebten sie sich, dann waren sie unzertrennlich, dann wieder hassten sie sich. Es kam auf den Grund an. Tanja hatte nie Probleme einen Mann zu finden, der mit ihr ausging und auch alles bezahlte, während Joy sich anstrengen musste. Lag vielleicht auch an ihrem Aussehen, aus dem sie nicht viel machte. So ging das schon seit dem Kindergarten.
Aber was berufliches Können und Allgemeinbildung anging, da war sie Tanja um Längen voraus. Tanja war Klischee: blond, dumm und mannstoll.
Heute hatte Joy ihre beste Freundin wieder einmal zum Essen eingeladen. Es gab eine kleine gebundene Suppe aus Spargelspitzen und frischem Dill, als Hauptgang hatte Tanja einen Fisch gedünstet und gefüllt. Steinbutt mit Ananas und Cognacrahm. Den Abschluss sollte dann eine Küchlein mit verschiedenen Beeren bilden.
Sie wollten Tanjas Beförderung feiern. Ihr Chef, er mochte die attraktive junge Frau sehr gern, hatte den Posten extra geschaffen. Eigentlich war Joy viel geschaffener für den Posten, aber abstehende Ohren und schiefe Zähne waren kein besonderer PR-Gag. So würde Joy weiterhin die Reklamationsabteilung leiten und Tanja würde mit dem Chef zusammen durch die Welt gondeln. Tanja sollte den Kontakt mit den ausländischen Kunden knüpfen und halten. Bei Joy zog sich immer der Magen zusammen, wenn sie Tanja mit sächsischem Akzent Englisch sprechen hörte.
Die Suppe war köstlich. Es ist doch schon ein Unterschied, ob der Dill frisch ist, oder aus der Streudose kommt. Der Babysteinbutt

kam aus dem Ofen und sah einfach grandios aus. Auf einem Blech darunter hatten die Herzoginkartoffeln ihre nötige Bräune erhalten und die Brokkoliröschen rundeten das Bild ab. Das Essen war leicht und lag nicht schwer im Magen. Tanja brauchte also keine Angst um ihre Figur zu haben.

Sie unterhielten sich beim Essen über die Arbeit. Eigentlich wollten sie das nicht, aber irgendwann waren sie doch bei dem Thema gelandet. Die Kerzen flackerten und ließen ihre Schatten über dem Essen tanzen. Es war ein gelungenes Essen. Tanja war extra gleich mitgekommen, denn am nächsten Tag sollte sie mit dem Chef ihre erste Reise machen. Es ging nach Vancouver. Für eine Woche. Das Kanadageschäft hing ein wenig. Das kam Tanja sicher gut an.

Zusammen hatten sie in alten Erinnerungen gewühlt. Joy hatte ein Album gefunden, als sie zusammen auf Klassenfahrt waren. Bad Berleburg ins Schullandheim. Sie erinnerten sich an Gustav, der auf der Kuhwiese eingeschlafen war und an Dirk, der in den Mädchenschlafraum geklettert kam. Er war Tanjas erster Lover. Heute war er verheiratet, hatte drei Kinder und dreißig Kilo zu viel. Joy musste herzlich über das Bild ihrer Klassenlehrerin lachen, deren vorstehenden Oberkiefer wie ein Fallbeil aussah. „Die Klei war aber auch ne Marke. Weißt Du noch, wie uns in Geografie fragte: ‚Was ist ein Horst?' und die dicke Nelly sagte. ‚ Der Horst ist ein gut aussehender Junge mit ganz langem Penis.' Wir haben gelacht, bis wir keine Luft mehr bekamen. Dabei wollte die Klei doch nur hören, dass der Brocken ein Horst sei. Ein Form des Mittelgebirges. Das weiß ich noch wie damals." Sie mussten beide wieder so lachen, als hätte Nelly eben neben ihnen gesessen und die Aussage getan.

„Ich hole mal schnell das Dessert." Joy stand auf, stellte das Geschirr zusammen und nahm gleich die Teller mit raus.

Tanja wusste, dass Joy sich in der Küche nicht helfen ließ, deshalb fragte sie gar nicht erst, ob sie etwas mitbringen sollte. Sie legte die Beine auf das Sofa hoch und rieb sich die Waden.

Joy machte sich in der Küche zu schaffen und lief hin und her, bis der Tisch wieder sauber war und das Dessert auf getragen werden konnte. Dann legte sie eine neue CD auf und holte die kleinen Küchlein aus der Küche. Der Mürbeteigboden war noch warm und mit Rum beträufelt. Darauf lagen kleine Häufchen mit Früchten. „Die Waldfruchküchlein, nach einem Rezept von Hänsel und Gretels Hexe." Joy lachte und stellte die beiden Teller und die Sauciere mit der Vanillesauce auf den Tisch. Sie genossen die kleinen Törtchen, obgleich sie eigentlich satt waren. Dann machte Joy noch einen Espresso.

Mit dem Taxi fuhr sie nach Hause. Irgendwie hatte sie wohl zu tief gegessen und getrunken. Ihr war flau im Magen und Sehstörungen hatte sie auch. Sie sah alles doppelt und verzerrt. Nur mit Mühe und Not konnte sie die Türe öffnen. Doch aufdrücken konnte sie sie nicht mehr. Der Taxifahrer sah, wie die junge Frau zusammensackte.

Vom Krankenhaus aus rief sie noch ihren Chef an. Die Kanadareise musste sie absagen. Sie musste sicherst einmal auskurieren. Die Ärzte meinten, dass sie sich wohl den Magen verdorben hatte. Aber da Joy keine Symptome zeigte, wie Tanja sie hatte, sondern ganz normal geblieben war, lag vielleicht eine Allergie vor.

Joy kam am nächsten Tag auch ganz normal zur Arbeit. Sie hatte ja auch keine Tollkirschen auf dem Törtchen gehabt. Dem Waldfruchtküchlein.

Waldfrucht-Joghurt-Frischkäsetorte

125 g Butter, 125 g Zucker, 200 g Löffelbiskuits, 600 g Frischkäse, 300 g Joghurt, 1 Pck Götterspeise, 1 Beutel Waldfrüchte, nach Belieben Fruchtsaft.

Die Waldfrüchte auftrauen lassen und den Saft auffangen. Die Götterspeise unter den Saft rühren und ca. 10 Minuten ziehen lassen. Nun vorsichtig erhitzen und nicht kochen lassen. Anschließend abkühlen lassen.

Frischkäse, Joghurt, 2 EL Fruchtsaft und Zucker glatt rühren. Die Götterspeise und die Früchte dazugeben.

Die Löffelbiskuits klein bröseln und mit der Butter vermengen. Am Besten gelingt es, wenn die Brösel sehr fein sind und die Butter warm ist. Die Masse auf dem Boden einer Springform fest andrücken. Nun die Frischkäse-Joghurtmasse auf die Brösel in die Springform geben und mindestens 6 Stunden kaltstellen.

Die Letzte

Alle liebten sie. Und sie wusste es nicht. Aber das ist eine andere Geschichte.

Sie hat eine tolle Figur. So wie man sie sich wünscht. Sie wird wohl die Letzte sein, mit einer solchen Figur. Aber auch das ist wohl eine andere Geschichte.

Angefangen hatte es im Frühjahr. Die sechs hingen immer zusammen. Am häufigsten traf man sie auf dem Balkon an, denn sie liebten die Morgen- und die Abendsonne. Das liegt daran, dass der Balkon so angebracht ist, dass er in de Frühe Sonne abbekommt und am Abend noch einmal. Am Tag ist dann die Sonne auf der anderen Seite des Hauses und da ist der breitere Südbalkon. Dort sind sie aber seit den ersten Julitagen nicht mehr gesehen worden. Liegt wohl daran, dass die Handwerker die Front restaurieren. Da wird gestrichen und verputzt und das stört sie eben. Sie war die letzte, die schwanger wurde. Ob das wohl daran lag, dass sie zwar die Kleinste, dafür aber die Breiteste war? Dabei machte sie doch Diät. Sie liebte Wasser, mit und ohne Kohlensäure und hin und wieder machte sie ein wenig Geschmack rein. Sie nannte es ihren Dünger, damit sie auch bei Kräften blieb.

Tja, und jetzt ist sie die letzte, die eine Frucht angesetzt hat. Also bitte, Sie brauchen nicht gleich gekränkt zu sein, nur weil ich einer Schwangeren sage, dass sie eine Frucht trägt. Ist doch so, ist doch wahr. Sie wird richtig rund, prall und verändert sich langsam von einem Grün in ein wunderbares Rot. Die anderen Pflanzen haben keine Früchte mehr und sie ist die größte aller Erdbeeren, die dieses Jahr an den Pflanzen waren.

Ich werde sie in Zucker tunken und ganz genüsslich aufessen, aber zwei Tage lasse ich sie noch dran, dann ist auch die Letzte fällig. Die letzte Erdbeere in meinem Blumenkasten.

Die Treppe

Carmen war ein verdammt heißes Weib. Sie hieß nicht nur Carmen, sie sah auch so aus. Tolle Figur, lange dunkle Haare und noch dunklere Augen. Gegen diese Augen war ein Feuer eiskalt. Das war Carmen.
Carmen vor sechzig Jahren.
Viel ist davon nicht mehr übrig geblieben. Die Figur ist ein wenig aus dem Leim gegangen, wie man so schön sagt. Aber erst nach dem Tod ihres Mannes. Da begann der Frustfraß. Was nicht auf dem Teller festgenagelt war, wurde verzehrt. Die Haare waren immer noch lang, wenn sie sie offen trug, aber irgendwie staubgrau. Deshalb trug sie sie auch immer zu einem dicken Knoten, wenn sie aus dem Haus ging. Und das wurde immer seltener. Nur die Augen, die funkelten immer noch feurig.
Sie hatte sich von den Menschen abgewandt, weil sie enttäuscht worden war. Der Mann, den sie so liebte, betrog sie jahrelang mit einer anderen. Jeden Dienstag und Donnerstag. Carmen war klug genug und wusste, dass man einen anderen Menschen nicht besitzen konnte und solange er immer wieder zu ihr zurückkam, verzieh sie ihm. Nur dem Weib verzieh sie nie, denn sie hatte ihren Mann verführt. Er wäre von sich aus nie fremd gegangen. Und dann war dieses Weibsstück auch noch zur Beerdigung gekommen, tat so, als kenne sie ihn nur vom Geschäft her. Ihr Mann hatte ein sehr gut laufendes Juweliergeschäft, in dem sie anfangs mit gearbeitet hatte, bis das erste Kind kam. Da musste dann eine Verkäuferin eingestellt werden. Eben dieses Weib. Doch Carmen blieb ruhig,
denn nach Johannes kam noch Jane auf die Welt, ein niedliches kleines Mädchen, die aber vom Aussehen mehr auf den Vater kam. Johannes war genau wie die Mutter, der Frauenschwarm schon in der Grundschule. Nachdem die Kinder aus dem Gröbsten heraus waren, ging Carmen auch wieder ins Geschäft. Ihre Figur hatte durch die Schwangerschaften nicht gelitten.

Der Laden lief inzwischen so gut, dass die Aushilfe fest eingestellt wurde. Sie hatte immer Dienstags frei. Carmens Mann ging Dienstags zum Stammtisch. Na ja, so ist das Leben eben.

Dann kam dieser schreckliche Unfall. Danach lag ihr Mann Monate lang im Wachkoma. Carmen war jeden Tag bei ihm. Die Verkäuferin sehr oft am Abend. Immer dienstags und donnerstags. Die Macht der Gewohnheit. Schließlich starb der Juwelier und Carmen begann mit dem Frustfressen. Erst nur Schokolade, dann Kartoffelchips und Schokolade und so weiter. Sie verkaufte das Geschäft zu sehr guten Konditionen. Ihr Mann hatte sein Geld gut angelegt und von den Mieteinnahmen des Wohnhauses konnte Carmen prima leben.

Die Verkäuferin blieb auch bei dem Nachfolger. Kundenbindung.

Carmen zog sich immer mehr zurück. Ihr Sohn war erfolgreicher Anwalt in München geworden. Zweimal liiert und einmal geschieden. Im Augenblick wieder auf Brautschau. Die Tochter war Staatsanwältin, ledig, in Chemnitz. Beide weit weg. Gut, es gab am Sonntag einen Anruf, aber das war es auch. Carmen wurde einsam.

Dann lernte sie einen Mann kennen. Eigentlich mehr durch Zufall, denn er war vor ihr auf einer Treppe ausgerutscht und seine Einkaufstüte war aufgeplatzt. Wie im Film. Milch auf der Treppe, Apfelsinen und ein Rosinenbrot, welches sich in der Milch badete. Der Anzug war versaut. Carmen half ihm hoch. Die Lebensmittel konnte man vergessen, bis auf die Apfelsinen. Carmen steckte sie in ihre Tüte und stützte den Mann. Er schien sich das Fußgelenk auf dieser blöden Treppe gebrochen zu haben. Seine Samariterin half ihm zu seinem Auto. Ein Audi Automatik. Gott sei Dank, den konnte sie fahren. Sie brachte ihn zum nächsten Krankenhaus. Unterwegs erfuhr sie seinen Namen. Beinahe hätte sie einen Unfall gebaut. Er hieß genau so, wie diese dumme Ziege, die ehemalige Aushilfe, fest angestellte Buhlin. Vorsichtig fragte sie nach. Es war tatsächlich der Ehemann.

Im Krankenhaus blieb sie bei ihm, bis fest stand, dass er erst einmal ein paar Tage bleiben musste. Aus den paar Tagen wurden sechs Wochen, denn der Bruch war kompliziert und wollte nicht heilen.

Dazu kam eine dumme Entzündung, wie er es nannte. Carmen besuchte ihn regelmäßig. Immer dienstags und donnerstags. Sie kamen sich näher. Viel näher. Da konnte seine Frau nämlich nicht. Langsam entwickelte sich eine Freundschaft. Jedenfalls bei ihm. Bei ihr war es mehr ein Plan, der sich entwickelte.

Es war ein Mittwoch, als Carmen auf einer Bank oben an der Treppe saß. Sie hatte eine blonde Perücke auf, eine Sonnebrille und ein großes Umschlagtuch. Niemand hätte sie hier erkannt.

Auf der Treppe lag ein dünner Draht. Er lag so, dass er nicht auffiel. In der Nacht hatte sie ihn mit Kaugummi so befestigt, dass er nicht auffiel. Er lief durch das Gitter an der Seite hoch und endete in einer Schlaufe. Carmen trug helle Handschuhe. Auf der anderen Seite der Treppe war das andere Ende befestigt. Ein Schnitt mit der Schere und der Draht war ab. Ein paar Züge an der Schlaufe und der Draht war weg. Carmen wusste, dass die blöde Ziege am Mittwoch zum Yoga ging. Sollte sie doch. Da kam sie hier entlang und musste die lange Treppe hinunter.

Die Nebenbuhlerin kam, Sie hatte Knöpfe im Ohr und hörte wahrscheinlich ihre Lieblingsmusik. Als sie die dritte Stufe betrat, zog Carmen einmal fest an. Der dünne Draht spannte sich in Knöchelhöhe über die Treppe. Er war kaum sichtbar. Wie dumm, wenn man durch Musik abgelenkt ist. Da achtet man nicht auf alles. Der Sturz dauerte lange. Sie fiel immer wieder über den Kopf nach unten. Noch bevor sie unten war, erfolgte der Scherenschnitt und der Zug an der Schlaufe. Der Draht war weg.

Carmen lief die Treppe hinunter, so als wolle sie helfen. Doch da waren schon andere Leute. Zwei Jugendliche, die sich bückten – und der Frau die Handtasche wegnahmen. Schnell liefen sie weg. Ein älteres Ehepaar eilte herbei. Sie waren mit Carmen gleichzeitig da. Der Mann war Arzt und sah sofort, dass jede Hilfe zu spät kam. Die Augen der Frau da unten waren aufgerissen, der Mund stand offen und der Kopf lag irgendwie unnatürlich auf der Schulter.

„Ich hole einen Krankenwagen." Carmen lief zur nächsten Ecke, steckte Perücke, Brille und Halstuch in ihre Schultertasche und kam zurück. Das Ehepaar wartete noch lange auf den Krankenwagen. Er kam erst nach 25 Minuten, denn erst viel später hatte jemand die 112 angerufen. Inzwischen war wirklich nichts mehr zu machen.

Oder doch. Carmen kümmerte sich um den Witwer. Sie ging aber nicht zur Beerdigung. Schließlich sollte niemand sie mit dem Fall in Verbindung bringen. Jetzt hat Carmen wieder eine super Figur. Sie hat die Haare wieder dunkel gefärbt und ist frisch verliebt.

Morgen soll die Hochzeit sein. Schön, wenn sich zwei Menschen auch im Alter noch finden. Niemand störte sich daran, dass der Witwer so schnell wieder heiratete. Jeder wusste, dass seine Frau regelmäßig fremd gegangen war. Immer am Dienstag und Donnerstag und am Mittwoch zum Yoga.

Wanda

Wanda war eine große, dicke, fette Spinne. Sie residierte in einer Zimmerecke. Dort hatte sie ihr Nest, dort zog sie ihre Jungen groß, dort zog sie sich hin zurück, wenn sie Ruhe haben wollte. Sie hatte großes Glück, denn ein Eckschrank, der fast bis unter die Decke ging, versperrte jedem Feind, und dazu zählte sie vor allem die Menschen, den Blick auf ihre Festung. Sie ist eine Vierfleck-Kreuzspinne, die vor zwei Jahren einmal den Weg durch die offene Terrassentüre gefunden hat. Seit dieser Zeit fühlt sie sich wohl. Vor allem weil es hier keine Vögel gibt, die sie fressen.

Im Mai dieses Jahres hat sie wieder einmal die Gelegenheit genutzt und den Weg durch die Türe gewagt. Im Schatten der Gartenmöbel war sie ins Grüne gelangt und hatte sich dort mit einem Männchen gepaart, welches sie im Anschluss, weil es nicht schnell genug weglief, verzehrte.

Wanda schlich sich wieder in die Wohnung und legte die Eier in den Teil des Nestes, den sie nicht wöchentlich neu baute. Sie setzte übrigens voll auf Recycling und fraß das alte Netz auf, ehe sie ein neues Wohnhaus baute.

Wanda liebte das Zimmer, denn erstens wurde hier gut gelüftet und zweitens gab es hier Mahlzeiten auf Bestellung. Die Fliegen und andere Kleinflügler, die sich hierher verirrten, mussten über kurz oder lang bei ihr im Fangnetz landen. Es war das reine Paradies.

Aber Paradiese sind dazu da, dass man daraus vertrieben wird. Und beinahe wäre es ihr auch so gegangen, denn Karl-Johannes, der Sohn des Hauses, hatte sie entdeckt. Karl-Johannes war 12 Jahre alt und sehr, sehr wissbegierig. Mit dem Fotoapparat legte er sich auf die Lauer. Er hatte Wanda entdeckt, als er sich wegen dicker Mandeln in Mutters Bett auskurierte.

Der Junge wartete, bis die Mutter zum Einkaufen aus dem Haus gegangen war. Er versprach auch schön brav zu sein und nichts anzustellen. Karl-Johannes fotografierte für sein Leben gern. Von seinem Vater hatte er mit der Zeit ein paar schöne Objektive bekommen, mit denen er experimentieren konnte. Der Abstand zwischen Schrank und Decke war genau so hoch, dass die Kamera dazwischen passte. Also probierte er es aus. Mit dem Blitzlicht funktionierte es nicht so richtig. Es warf zu viel Schatten, weil es nicht ganz unter die Decke kam. Außerdem hatte er noch den falschen Winkel. Da saß die dicke Spinne nicht. Nur Staub war zu sehen. Also nahm er sich die Nachttischlampe und klemmte sie fest an die Stehleiter, die er aus dem Abstellraum geholt hatte. Die Mutter war sicher über eine Stunde unterwegs. Das wusste er, denn meist traf sie dabei eine Freundin und dann setzten sie sich zu einem Plausch in das Café neben dem Supermarkt.

Die Lampe leuchtete sehr gut. Das musste klappen. Jetzt drehte Karl-Johannes seine Kamera ganz nach rechts und es machte Klick. Nichts, außer Staub. Er rückte sie ein Stück weiter, wieder nichts, außer Staub. Beim dritten Mal entdeckte er schon ein Stück Spinnennetz. Vor Freude wäre er beinahe von der Leiter gefallen, auf der er stand. Die nächste Aufnahme zeigte schon fast das ganze Netz, nur von Wanda war nichts zu sehen. Er drehte die Kamera ein kleines Stück weiter und löste aus. Jetzt hatte er sie entdeckt. Wanda hockte vor einer eingesponnen Fliege und bewachte sie mit großen Augen. Mit einem Stift markierte sich der Junge die Stelle oben auf dem Schrankrand, damit er die Kamera gleich wieder richtig stellen konnte. Dann schraubte er ein neues Objektiv ein. Wie fasziniert war er, als er die Spinne bildfüllend gebannt hatte. Er konnte jedes Detail entdecken. So hässlich die Mutter auch Spinnen fand, diese war schön. Karl-Johannes holte sich den neuen Speicherchip, den er von Onkel Albert bekommen hatte und legte ihn ein. Das sollte sein Spinnenchip werden. Alle fünf Minuten machte er eine neue Aufnahme, dann baute er nach einer Stunde alles wieder ab und legte sich leidend ins Bett. Die Mutter musste bald wieder da sein. Aber morgen war ja wieder ein Tag. Vier volle Tage machte er Aufnahmen, immer wieder. Er kannte Wanda inzwischen besser, als die Spinne sich selbst. Damit konnte er im Biologieunterricht in der Schule glänzen. Wanda, seine Vierfleck-Kreuzspinne.

Eine Woche später bekam er einen Schreck. Er hatte am Nachmittag gewartet, bis die Mutter zu ihrem Yogakurs gegangen war. Mit der Leiter war er wieder hochgestiegen, hatte die Kamera justiert und dann auf dem Foto festgestellt, dass Wanda das Netz aufgefressen hatte. Er wusste alles über diese Spinnenart, soviel hatte er im Computer schon gefunden, doch dass Spinnen so schnell die Netze auffressen, das war ihm neu. Doch schon am nächsten Tag, die Mutter war kurz bei eine Freundin, schaute er wieder nach. „Kurz" wusste er, dauerte immer mindestens zwei Stunden. Er machte also seine Schulaufgaben und machte sich für den Fototermin bereit. Wie erstaunt war er, als Wanda mitten in einem neuen Netz an der gleichen Stelle saß und eine kleine Fliege verzehrte. Inzwischen hatte er den ganzen Chip voller Bilder. Also machte er sich eines Abends daran die schlechteren auszusortieren. Wie gut, dass die Eltern heute nicht daheim waren. Sie waren bei den Nachbarn eingeladen und das ging immer bis weit in die Nacht hinein. Und da entdeckte er sie, die vielen kleinen Spinnen, die aus einem Kokon herauskrabbelten. Wanda blähte sich auf, als wolle sie zeigen, wer hier das Sagen hat. Und Karl-Johannes machte wieder Bilder von seiner Familie. Wanda mit Kindern.

Nach sechs Wochen war alles vorbei. Ein Reinigungsdienst hatte einen Großputz vorgenommen und war mit einem schmalen, langen Besen auch auf dem Schrank gewesen. Wanda traf dieser Besen voll in die Seite. Sie war zu alt, um zu kämpfen. Der Schlag war zu fest. Sie klammerte sich noch fest, dann fiel sie hinter den Schrank. Der Staubsauger, ihr ärgster Feind, nahm sie zu sich. Wie gut, dass Wanda so viele Kinder hatte, da wird wohl wenigstens eine Dame ihre Nachfolge antreten.

Gefühle

Martha war eine weise Frau. Andere nannten sie eine Hexe. Aber sie war beliebt. Sie lebte alleine, am Rande der Stadt. Am Rosengarten, wie die Straße genannt wurde. Böse Zungen, meist gehörten sie in einen Frauenmund, wussten viel von ihr zu erzählen. Die Männer schwiegen eher, ob aus Lust, aus Scham oder weil sie Angst hatten.

Man schrieb das Jahr 1622 und Martha war gerade einmal 22 Jahre alt. Sie war genau zur Wende 1599 – 1600 geboren worden. Das alleine genügte schon, sie als Hexe zu bezeichnen. Die Hebamme hatte das Gerücht aufgebracht, um von sich selbst abzulenken. Martha sah sehr gut aus, hatte lange rostrote Haare und verstand sich so zu kleiden, dass der Pfarrer an Unzucht denken musste. Ihr Haus wurde von einer dichten Hecke geschützt, die sich bis zum Friedhof hin durchzog. So konnte mancher Mann ungesehen zu ihr kommen, ohne gesehen zu werden. Es soll sogar vorgekommen sein, dass sich zwei Männer einmal begegnet waren. Einer auf dem Weg von und einer auf dem Weg zu Martha.

Heute war Walpurgisnacht und Martha kochte gerade einen Eintopf. Sie hatte keinen Mann, denn der, den sie geliebt hatte, den hatten die Soldaten mitgeschleppt. Seit der Zeit lebte sie alleine und hoffte, dass er wieder zurück kam.

Heute war Vollmond und sie hatte nur eine Kerze in der Lampe brennen. Kerzen waren teuer und sie musste zusehen, wie sie immer über die Runden kam. Sie sammelte Kräuter und machte daraus Tees. Dagegen hatte auch niemand etwas, aber es förderte natürlich ihren Ruf, denn mancher Kunde wurde so plötzlich gesund, dass es an Hexerei erinnern konnte.

Auch die Frauen kamen zu ihr. Meist wenn Sie Probleme hatten, die Männer nicht haben konnten, oder aber, wenn sie kinderlos waren und sie sich Hilfe von Martha erwarteten. Martha hatte da ihre Mittel und Pülverchen, die dem Essen beigemischt halfen. Die Männer ahnten nie etwas davon. Und die Frauen waren dankbar. Sie ließen nichts auf Martha kommen, auch Märthe nicht, bei der es nie mit

Kindern geklappt hatte. Sie hatte auch ihrem Mann verboten, sich nur irgendwie ihrer Muschel, wie sie es nannte zu nähern. Das wäre Sünde und sie wollte nicht in die Hölle. Ihr Mann war zu schwach, um sich durchzusetzen. Und so blieb sie kinderlos, schob es aber auf ihren Mann. Martha lächelte in sich hinein. Sie wusste, wie gut Muscheln den Männern gefielen.

Martha wollte sich gerade zu Bett begeben, als es schüchtern klopfte. Sie fragte nach und glaubte ihren Ohren nicht zu trauen. Es war der Bürgermeister.

Er war noch nie bei ihr gewesen. Vorsichtig öffnete sie die Türe. Den Mann konnte sie nicht vor der Türe lassen, der war zu wichtig und mächtig. Ein falsches Wort von ihm und sie stand auf dem Scheiterhaufen.

„Was kann ich für Euch tun?", fragte sie, als der Mann durch die Türe geschlüpft war.

„Martha, Du musst mir bei allen Heiligen versprechen, keinem Menschen etwas davon zu erzählen, sonst wirst Du es bereuen." Er wirkte trotz der Drohung schüchtern.

„Was gibt es denn?" Martha stemmte die Hände in die Hüften und wirkte so sicher, wie es nur sein konnte."

„Martha, ich war im Stall bei den Ziegen. Da hatte ich die alte Hose an und als ich mich bückte ist die Hose geplatzt. Da hat mich der junge Bock besprungen. Ich war so erschrocken, dass ich nicht reagieren konnte. Was aber viel schlimmer war, ich klemmte mit den Händen in den Dielen fest, die unter der Last gebrochen waren. Ich war wie eingesperrt und der Bock nutzte das voll aus. Doch jetzt ist da hinten alles wund und entzündet. Außerdem habe ich Angst, das der Teufel in den Bock gefahren ist und ich jetzt ein Kind von ihm bekomme."

„Bürgermeister, Männer kriegen keine Kinder. Auch nicht von Ziegenböcken. Und den Teufel den brauchst Du auch nicht zu fürchten. Der fährt nicht in Ziegenböcke. Heute ist der auf dem Blocksberg und feiert mit den Hexen. Heute ist doch Walpurgisnacht. Ich habe aber eine Salbe, die Dir hilft. Du darfst aber niemand, wirklich niemand, auch nicht dem Pfarrer, davon erzählen. Das musst Du mir bei Deinem Leben schwören."

Der Bürgermeister nickte nur. Er rieb sich mit der Hand am Hintern und nickte noch einmal.

„Ich schwöre es bei meinem Leben und dem meiner Kinder. Ich spreche mit niemandem darüber."

Martha nickte. Dann machte sie sich an die Arbeit.

Öl und Fett aus bestimmten Tiegeln, Bilsenkraut, Stechapfel und Belladonna nahm sie. Dann meinte sie ganz ruhig.

„So und jetzt musst Du die Hose herunterlassen. Ich werde Dir diese Paste in den After einführen und dann Deinen Hintern damit einreiben. Es brennt ein wenig, aber in kurzer Zeit wirst Du Linderung erfahren. Gehe dann aber direkt nach Haus und lege Dich ins Bett. Es ist wichtig, dass Du danach schläfst."

Der Bürgermeister nickte.

Martha hatte ihren Spaß daran, mit einer kleinen Röhre füllte sie eine große Menge in den After ein, den Rest rieb sie mir zarten Fingern über die entzündete Fläche. Dabei stellte sie sich vor, wie der Bürgermeister auf dem Boden lag und der Bock über ihm war.

Der Bürgermeister stöhnte. Es brannte wirklich, aber weniger, als er gedacht hatte. Schnell zog er die Hose wieder an und machte sich auf den Weg.

„Vergellt' s Gott und komme morgen zu mir, dann bekommst Du von mir einen Schinken und einen Sack Mehl. Geld kann ich Dir nicht geben. Das würde meine Frau merken."

„Und ein kleines Fass Wein nach der Lese", ergänzte Martha.

Der Bürgermeister nickte.

Kaum im Bett schlief er ein. Der Traum, der folgte war die Hölle. Im wahrsten Sinne des Wortes. Überall sah er Hexen und Teufel, wie sie auf Besen um den Blocksberg flogen. Und er saß auf einem Ziegenbock mitten unter den Tanzenden, die alle grässliche Gesichter hatten. Eines erkannte er sogar als das des Pfarrers. Sein Zunge schwoll an und der Schweiß lief ihm in Strömen über den Körper. Er stöhnte und rollte sich auf seinen Strohsack hin und her.

Seine Frau bekam es mit der Angst und zog sich in die Küche zurück.
Bis zum Mittagessen schlief der Bürgermeister. Dann wachte er auf.
Er ging zum Brunnen, um sich zu waschen. Er war total verschwitzt.
Vorsichtig wollte er sich seinen Hintern waschen, doch da merkte er,
dass alles schmerzlos war. Nichts war von dem Bocksprung mehr zu
merken. Er lachte auf einmal laut los.

„Jetzt ist er verrückt geworden", meinte seine Frau, als er nach
einem großen Frühstück verlangte. Heißen Speck, Kraut und eiskalten
Most aus dem Keller.

Martha aber bekam Mehl, Schinken und Speck. Und viele neue
Kunden. Vor allem alte Männer mit Hämorrhoiden. Und niemand wagte
es je, sie als Hexe anzuzeigen, auch der Herr Pfarrer nicht, denn der
war.......

Eier

„Kümmere Dich nicht um ungelegte Eier", sagte der Hahn zu dem Huhn, welches heute wieder kein Ei gelegt hatte.

„Du, ich glaube, ich werde alt. Dann tauge ich nicht einmal mehr zum Suppenhuhn, dann bin ich nur noch Futterfresser."

„Ach was", meinte der Hahn „Du bist ein tolles Huhn und morgen wird es bestimmt wieder was mit den Eiern. Da kommt bestimmt ein ganz tolles Ei raus. Lass uns ein wenig Spaß haben, vielleicht ist es auch nur verklemmt."

Auf dem Hühnerhof ging es richtig zur Sache. Jokel, so hieß der Hahn, amüsierte sich bestens und am nächsten Morgen legte seine Freundin, die ältere Henne Bertha wieder ein Ei.

„Kümmere Dich jetzt um das gelegte Ei, da wird mal ein toller Hahn draus." Sie versteckten das Ei so, dass die Bäuerin es nicht gleich fand und Bertha brütete einen tollen Hahn aus.

Gut, zuerst war es ein Küken, doch dann würde es einmal der schönste Hahn werden, den der Bauernhof je gesehen hatte.

Bertha kümmerte sich nicht mehr um ungelegte Eier, denn sie wusste irgendwann legt jedes Huhn mal wieder ein Ei.

Ein tolles Pfund

"Bitte einmal 250 Gramm Gott, 50 Gramm Glauben, 100 Gramm
Gebete, kann auch was mehr sein
und, ach ja, 70 Gramm Zuversicht. Ist schon ein tolles Pfund, dieser
Gott.
Ach ja, da fehlen noch 30 Gramm: Die muss ich selbst mitbringen?
Ich werde es versuchen."

Getreide und Brot

Dein Brot bekommst Du von dem Korn, welches auf den Äckern
wächst.
Erhalt' es gut, denn es ist die Mutter der Nahrung.
Dein Brot, ob Weizen oder Roggen, ob Gerste, Hafer und Dinkel,
es steht unter dem besonderen Schutz der Natur.

Wenn es ausgesät ist, dann braucht es Wasser, um zu keimen.
Dazu musst Du vorher, im Schweiße Deines Angesichtes die Erde
aufbrechen.
Dein Brot, ob Weizen oder Roggen, ob Gerste, Hafer und Dinkel,
kannst Du aus diesem Korn dann machen.

Achte darauf, dass kein Unkraut das Korn verdirbt, doch Blumen
lasse wachsen.
Lass' es wachsen und bete, dass kein Unwetter es zerstört.
Dein Brot, ob Weizen oder Roggen, ob Gerste, Hafer und Dinkel,
sie bieten Dir die Vielfalt, um die uns viele beneiden.

Ehre das Korn, ehre die Arbeit der Bauern, der Müller und der
Bäcker,
laufe nicht einfach in die Felder, Knicke nicht Halme ohne zu denken.
Dein Brot, ob Weizen oder Roggen, ob Gerste, Hafer und Dinkel,
sie alle geben Dir die Kraft gesund zu leben.

Und wenn Du dem Korn kein' Ehr' und Achtung schenkst,
dann soll die Kornmuhme Dich holen und Dir zeigen, wie es
ohne Brot, ob Weizen oder Roggen, ob Gerste, Hafer und Dinkel,
bei uns aussieht – trostlos

Darum beten wir ja auch: Unser täglich Brot gib uns heute.

Der Weckmann

Tschuldigung, dass ich schon so früh bin, aber ich habe mir gedacht, was der Osterhase, der Nikolaus und der Weihnachtsmann können, das kann ich auch. Ich bin ein Weckmann oder Stutenkerl, die man in Westfalen sagt. Die erfinden auch immer neue Namen für mich. Kiepenkerl zum Beispiel, dabei trage ich gar keine Kiepe. Oder Klaaskerl. Das stimmt schon eher. Wer auf Damdebei gekommen ist, wissen wahrscheinlich nur die Hessen. Dabei soll ich an den Heiligen Martin von Tours erinnern. Aber das weiß kaum jemand.
Ich bin lecker, weich und die Kinder machen mit meiner Pfeife Seifenblasen. Früher bekamen Kranke mich zu essen, wenn sie die Eucharistie nicht mitfeiern konnten. Na ja, ich war also so eine Art Ersatz. Aber ich habe mich nie so gefühlt. Ersatz, wie das schon klingt. Ich bin einmalig. Trotz der vielen Namen. Und vor allem gibt es mich nicht von den Sommerferien bis zum Sonderangebot, weil noch übrig, nach Neujahr, wie diese Schokoladentypen. Die lassen sich ja sogar jetzt als Frau darstellen, oder nur mit knappen Höschen. Könnten Sie sich eine Weckfrau vorstellen oder einen Weckmann mit Stringtanga? Also mich gibt es ja sowieso nur nackt. Mit Rosinenaugen und Tonpfeife, sonst bin eben nur ein Gebäck. Nein, wir haben auf der ersten Weckmannkonferenz beschlossen, dass ein Weckmann nur dann ein Weckmann ist, wenn ein Weckmann im Sinne eines Weckmanns ein Weckmann ist. Klingt kompliziert, muss aber sein, wegen des Artenschutzes. Ach so, Artenschutz, mich können Sie ungeniert auch in der Öffentlichkeit verzehren.
Ich habe da noch eine Frage. Sind Sie eigentlich ein Kopf-Abbeißer oder Kopf-Abreißer oder sind Sie ein Beine-Auseinander-Reisser oder ein in die Hüften-Beißer. Würde mich echt interessieren. Na ja, ich werde es wohl nie erfahren, denn ich komme gerade in eine braune Tüte. Ich, der erste Weckmann dieses Jahres.

Weckmann

600 g Mehl, 40 g Hefe, 250 ml Milch, 100 g Butter, 2 Eier, 60 g Zucker, 1 Prise Salz, ½ Zitrone,
abgeriebene Schale, 1 Pkt. Vanillezucker, Rosinen oder Mandeln für Augen, Nase und Mund, Eigelb zum Bestreichen.

Das Mehl in eine Schüssel sieben und eine Mulde eindrücken. Die Hefe hineingeben und mit der lauwarmen Milch und etwas Mehl zu einem Vorteig verrühren. 15 Minuten zugedeckt an einem warmen Ort gehen lassen.
Die Butter zerlassen und mit den Eiern, Salz, Zucker, Zitronenschale und dem gesamten Mehl zu einem geschmeidigen Teig verarbeiten. Nochmals 15 Minuten gehen lassen.
Den Teig ca. 1 cm dick ausrollen und die Weckmänner ausschneiden oder formen. Die Rosinen hineindrücken und mit verquirltem Eigelb bestreichen.
Weiter 15 gehen lassen.
Den Backofen auf 210 Grad vorheizen. Die Weckmänner auf der mittleren Schiene 10 – 15 Minuten backen. Bei Heißluft ca. 180 Grad C.

Schlankheitskur

Jolanthe hieß nicht nur so, sie sah auch so aus wie sie hieß. Alle Kanten gut abgerundet, zu gut und dazu untergroß. Sie trug gerne zu kurze T-Shirts und Hosen, von der eine Nachbarin behauptete, dass der Arsch die Hosen gleich auffrisst. Genauso wenig attraktiv sind die Fettringe, die leicht schwabbelnd über den Hosenbund hängen und bei jeder Bewegung mitschwangen. Flip-Flops oder Ballerinas machten das Bild fast vollkommen, denn am liebsten trug sie ihre Haare zur Bergheimer Palme gebunden, als Sträußchen auf dem Kopf. Jeder Stylist hätte seine Freude an ihr gehabt.

Jolanthe hatte schon alle Schlankheitskuren mitgemacht. Schlank in sechs Wochen mit Kinderbrei. 10 Pfund in einer Woche mit Möhrenjoghurt und Fit mit Fun und Deuserband. Doch alles hatte nicht geholfen. Auch nicht die „Ich esse alles mit Sonnenbrille im Dunklen-Diät" hatte nicht geholfen. Die Hose wurde noch enger und die Fettröllchen wurden zu Fellrollen.

Da kam sie auf eine Idee. Sie hatte von einem Maler, der gerade die Fenster bei ihr strich, gehört, dass er Verdünnung hatte. Verdünnung war gut. Also kaufte sie sich einen Kanister im Baumarkt, schüttete ihn in die Wanne und ließ Wasser nach. Glücklicherweise, denn so verätzte sie weniger stark als vorher, aber sie nahm auch nicht ab.

Jolanthe begann mit neuem Frustfraß. Mettbrötchen mit Schmalzuntergrund. Sechs Stück zum Frühstück, dann um 10.00 Uhr zweites Frühstück und so weiter. Es endete mit einer Tüte Paprikachips am Abend.

Als sie am nächsten Tag aus dem Haus ging, sah sie das Auto mit der Aufschrift: ,'Alt-Fettabsaugen schnell und preiswert'. Sie rief bei der Nummer an, die sie gesehen hatte. Die Dame am anderen Ende

fühlte sich auf den Arm genommen und fragte, von welchem Radiosender sie denn anrief. Da legte Jolanthe gekränkt auf.
Am nächsten Morgen lag sie im Krankenhaus: Herzverfettung.
Jetzt gibt es erst einmal 600 Kalorien am Tag. Mehr nicht.

Arme Jolanthe.

Der Topf

Wieder einmal ein leckeres Mahl. Es war ein schöner Eintopf, so wie sie ihn gerne machte. Mit frischem Gemüse selbstverständlich. Paola war schon fast ein Profi in Eintöpfen. Sie hatte noch Hobby: ihre Blumen, ganze Batterien von Töpfen schmückten den Balkon, der nach Süden zeigte. Sie liebte vor allem Hängeblumen oder niedrige Pflanzen, damit konnte sie ein ganzes Regal füllen. Dazu nahm sie immer alte Kochtöpfe, die sie zum Teil auf Flohmärkten fand.

Die Eintöpfe wechselten immer. Wenn sie an geraden Tagen kochte, gab es nur Gemüse, an ungeraden Tagen Fleischeintopf. Sie würzte mit eigenen Gewürzen, die sie auch selbst züchtete. Darauf war sie besonders stolz. Ihre Nachbarinnen kamen oft zu ihr und holten sich Kräuter, die sie ausprobieren wollten. In ihrem Tiefkühlschrank, der immer gut gefüllt war, hatte sie die Fächer nach Lebensmitteln sortiert. In einer Ecke, fast versteckt, stand noch eine Tiefkühltruhe. Auf dieser Truhe lag eine Decke und eine Gipsfigur, die den Heiland darstellte, wie er im hellblauen Gewand segnend die Hand hob.

Morgen sollte es wieder Eintopf geben, er war bestellt für einen Polterabend. Und morgen würde der 7. November sein. In Gedanken hatte sie schon das Rezept fertig. Der Polterabend war für Josef, der Maria, Entschuldigung, aber es ist wirklich so, heiraten wollte. Die Männer wollten etwas Deftiges, deshalb ging sie an die Truhe, stellte Jesus mit dem Gesicht zur Wand und nahm die Decke ab. In der Hand hatte sie eine Liste, die in männlich und weiblich eingeteilt war. Sie hatte sich die Liste angesehen und sich für Robert entschieden, den Fliesenleger. 24 Jahre war er alt geworden. Gute Muskulatur und nicht zu viel fett. Ein wenig schon, das gab einen besseren Geschmack. Sie suchte ein dickeres Päckchen aus der Truhe und verglich die Nummer mit ihrer Liste. Das Päckchen war mit einem roten Etikett versehen. Es gab rote für die Männer und weiße für die Frauen.

Der Eintopf war gerade fertig, als der Bruder des Bräutigams den Topf abholte. Er legte die vereinbarte Summe auf den Tisch und einen Gutschein für eine Gärtnerei. So machte sie es immer, denn nach dem Kochen bepflanzte sie den Topf und stellte ihn auf den Balkon. So eine Art letzter Gruß.

Sie hatte noch drei Aufträge in der letzten Woche, deshalb goss sie die Pflanzen schnell mit ihrem Spezialdünger. Er enthielt gemahlene Zähne, Knochenmehl und Hornspäne aus Nägeln und Haaren. Bei ihr blieb nichts übrig. Sie kannte schlechte Zeiten und wusste genau, was man aus was machen konnte. Damals hatte sie das erste Mal Menschenfleisch gekocht. Einige redeten von Kannibalismus, für sie war es Überleben. Der Mann, den sie gekocht und das Fleisch in Gläser gefüllt hatte, die sie im Keller eines zerbombten Hauses gefunden hatte, schmeckte gut. Ein junger Soldat. Später kam dann auch eine junge Frau hinzu. Sie war bei einem Bombenangriff von einem herabfallenden Balken erschlagen worden. Da schmeckte sie zum ersten Mal den Unterschied zwischen Mann und Frau. Die Hungerzeit konnte sie so überstehen, denn Paola hatte immer Fleisch. Es war die Zeit , in der niemand fragte, woher etwas kam, es wurde überall gemaggelt, wie man des nannte. Später dann war Sie für die Eintöpfe berühmt geworden.

Ihr Mann, Karol, war immer wieder unterwegs. Er vertrieb den Eintopf, den aus Gemüse sogar auf Märkten. Die Blumentöpfe wurden immer mehr, die Wände immer voller.

Beinahe wäre sie einmal aufgeflogen, doch Karol rettete sie, indem er alle Gläser verschwinden ließ. Die Polizei fand nichts, außer ein paar Mitbewohner, die wie Paolo alle Kleinmacher hießen. Die Familie hatte sich richtig viel erwirtschaftet und hin und wieder verschwand ein Mensch.

Das gab und gibt es wirklich.

Seien wir vorsichtig, wenn uns jemand nach dem Weg fragt und auf dem Auto ein segnender Jesus im hellblauen Gewand zu sehen ist.

Als Badener sage ich entweder: Mit gäbet nix oder Mein Kollege hat schon gegeben.

Gott sei Dank ist Eintopf nicht so mein Gericht.

Mutters schönste Weihnachtskuchen

Mal ganz ehrlich gefragt: „Wer kennt schon Melkesheim?"
Verzweifeln Sie bitte nicht. Sie haben keine Bildungslücke.
Melkesheim liegt idyllisch zwischen sanften Hügeln, die im Frühjahr von Abermillionen von Schneeglöckchen bedeckt sind. Eine zweispurige Straße teilt den Ort in die von „da" und die von „do". Es kommt nur darauf an, auf welcher Seite man wohnt. Melkesheim hat keine Kirche, keine Sparkasse, keine Tankstelle, keine Lottoannahme, nicht einmal einen der großen gelben Briefkästen der Post. Aber es hat ein öffentliches Telefon, denn Melkesheim liegt wunderschön eingebettet in einem Funkloch von D2, E-Plus, Telekom und Co. Früher war das alles einmal anders. Da hatte Melkesheim sogar einen Schultheißen, bis der Freiherr vom Stein die neue preußische Gemeindeordnung schuf (1808). Dann einen Bürgermeister, 1000 Jahre (oder waren es nur 12 Jahre? (1933-1945) einen von diesen „Braunen" und dann nur noch Ortsvertreter im Gemeinderat, denn die Engländer hatten Melkesheim einem anderen Ort zugeschlagen (1946).
Doch Melkesheim hatte etwas, was es in Berlin, Köln und München nicht gab. Nicht einmal in Düsseldorf. Zwei Frauen: Amalie (geb. am 31. 03. 1920 um 18.30 Uhr in Melkesheim) und Klaus-Bärbel (geb. auch am 31. 03. 1920 um 18. 40 Uhr in Melkesheim) Die Hebamme war nach diesem Geburtensturm an Erschöpfung gestorben. Den Begriff Stress kann man damals noch nicht. Amalie war also die Ältere, was man ihr aber wirklich nicht ansah.
Seit 86 Jahren hassten sich die beiden Frauen. Denn soweit konnten sie zurückdenken. Amalie und Bärbel waren damals im Kindergarten, in dem auch noch Klaus und Elvira (gestorben 1998) waren. Der Kindergarten wurde von der Kommunistin betrieben, die mit einer Freundin zusammenlebte. 1933 wurde die Kommunistin auf einmal fanatische Arbeitsdienstführerin. Die Freundin blieb noch eine Weile, doch dann zog es sie nach Herne. Warum wusste niemand. Es ist bis heute noch nicht bekannt.

Amalie und Bärbel hassten sich also, denn Bärbel hatte sich Klaus geschnappt, der einzige Junge im gleichen Alter wie sie und Amelie. Elvira spielte lieber am Dorfbrunnen. Sie war das Produkt von fünf Generationen Vetternheiraten. Sehr schlicht im Geist und später weniger zurückhaltend im Bett. Aber vergessen wir doch Elvira. Bärbel hatte sich also Klaus nicht nur an den Hals geworfen. Bis Klaus dann nach jahrzehntelanger Ehe 1985 verstarb. Zu viele Zigaretten (bis zu drei Packungen Rothändle am Tag). Wenn jemand im Dorf gerufen wurde, dann immer nur beim Vornamen. Man kannte sich ja. Und da Klaus und Bärbel immer beisammen waren, wurden sie eben „Klaus-Bärbel" gerufen. Auch als Klaus gestorben war, rief man Bärbel immer noch weiter „Klaus-Bärbel".

Amelie hatte den Verlust nie verkraftet. Lag es an ihrer fest zementierten Liebe zu Klaus, lag es am Verlust der Autorität als Ältere, lag es an der Erziehung, dass man sich nicht zwischen zwei Menschen drängt – Amelie wusste es selbst nicht. Aber sie war ihm in Gedanken immer treu geblieben. Die Hochzeit hatte sie heimlich beobachtet. Tränen liefen wie überquellende Bäche über ihr Gesicht. Amelie war auch froh, dass Klaus nicht zum Militär musste. Er gehörte ja zum Reichsnährstand. Und da sie treu war und blieb und immer noch ist, suchte sie auch keinen anderen Mann.

Nie wieder hatte sie ein Wort mit Bärbel gesprochen. Nicht mal, als Fräulein Heinrichs in der Schulklasse sie dazu aufforderte. Ehe hatte sie einen Eintrag in ihr Heft ertragen. Sie hatte eben auch ihre Ehre.

Jetzt saß Amelie in ihrer Küche. Sie hatte das Rezept für Muttis schönste Weihnachtskuchen vor sich. Jedes Jahr produzierte sie einen Eimer dieser Plätzchen für das Waisenhaus in der Stadt. Am Abend füllte sie vierzehn Stück in eine Papierserviette, die sie mit einem Tannenästchen – aus ihren Vorgarten, gleich neben der Haustüre steht solch eine Tanne, eigentlich eine Fichte – und einem roten Schleifchen schmückte und zuband.

Mit ihrem Rollator – nagelneu in schnittiger Trapezform – fuhr sie von „da" nach „do".

194 Platten in 30 x 30 cm musste sie überqueren, einem Kanaldeckel umfahren, dann stand sie vor dem Haus von Klaus-Bärbel. Ihr Atem ging schwer. Das lag nicht nur an dem Weg, das macht Amalie nichts aus. Auch nicht mit 90 Jahren. Sie hatte ein schwarzgraues Kleid mit weißem Rüschenkragen an. Das war eigentlich auch schon 1953 etwas altertümlich gewesen. Aber es passte immer noch. Sie hatte es nur wenige Male getragen. Wann eigentlich das letzte Mal? Sie wusste es nicht.

Klaus-Bärbel fiel fast in Ohnmacht, als sie Amalie vor der Türe stehen sah.

Gekoartig zuckte ihr Kopf vor und zurück mit gleichzeitiger Auf- und Abbewegung. Das sollte wohl heißen: „Was willst Du denn hier? Du da von „da".

Amalie schluckte. Liebe Bärbel. 86 Jahre, 4 Monate und 12 Tage Krieg sind genug. Lass' und wieder Freundinnen sein."

Klaus-Bärbel nickte. „Und 8 Stunden".

Sie machte die Türe frei. „Komm herein. Wir trinken einen Kaffee."

Amalie nahm die Einladung an. Sie hatte von anderen Leuten gehört, dass Klaus-Bärbel den besten Kaffee im Umkreis von mindestens 24 Kilometern machte. „Ich habe auch Muttis schönste Weihnachtskuchen mitgebracht. Zur Versöhnung.

Die Stunden verrannen wie im Flug. Dabei hatten sie sich so viel zu erzählen. Von der Inflationszeit, von den Nazis – die sie nie bemerkt hatten, bis auf die Fahne am ehemaligen Kindergarten – vom Krieg, der Melkesheim verschont hatte, denn kein Mann musste weg – alle gehörten dem Reichsnährstand an oder waren zu jung oder zu alt. Nicht einmal eine Bombe hatte den Ort getroffen. Geschweigedenn eine Handgranate. Melkesheim war weder strategisch wichtig, noch stand es auf einer der Karten, die die Flieger über ihnen hatten. Es hätte genauso gut gar nicht existieren können. Dann sprachen sie über die Kubakrise, den ersten Fernseher im Ort, den der Ochsenbauer hatte. Alle hatten sie damals Lebensmittel gehortet, nur der Ochsenbauer hatte sich einen Fernseher gekauft. Die größte Krise war aber, als Erna Schulte-Wendtropp ihren Metzgerladen, in dem man aber auch alles andere bekam, schloss, weil sie keinen Nachfolger hatte und Aldi fünf Kilometer einen von diesen Kartonläden aufgemacht hatte.

Klaus-Bärbel, die von Amalie aber nur Bärbel genannt wurde, und Amalie sprachen über alles der letzten 86 Jahre – nur nicht über Klaus. Dabei tranken sie Kaffee. Amalie fand ihn gar nicht so gut und aßen jeder sieben Plätzchen, dann fielen sie sich erst um den Hals und versöhnten sich und dann auch noch Bärbel tot in den Sessel.

Amalie wusch die Tassen ordentlich ab und stellte sie in den Schrank, nahm ihren trapezförmigen Rollator und schaute nach, ob niemand auf der Straße war. Dann ging sie von „do" nach „da".

Zwei Tage später fand der Mann vom Pflegedienst, der zweimal in der Woche kam, Klaus-Bärbel tot in ihrem Sessel.

Altersschwäche testierte der Arzt. 90 Jahre, da stirbt man nicht anders. Eben „Altersschwäche".

Das Bärbel einen Allergieschock erlitten hatte bemerkte der Arzt, der eigentlich auch schon in Rente war, nicht. Im Ort wusste ja niemand, dass Bärbel keine Haselnüsse vertrug.

Na ja, fast niemand. Amalie hatte sich erinnert, dass Bärbel im Kindergarten fast einmal erstickt war, als sie Haselnüsse gegessen hatte.

Tja, was sie gestern gegessen hatte, oder was vor einer Stunde in den Nachrichten gesendet worden war, das hatte sie schon vergessen, aber ihr Langzeitgedächtnis war sehr gut und Dinge von damals, die wusste sie. Sie konnte sich sogar noch an die Haarfarbe der Kommunistin erinnern, die damals die Kindergartengruppe leitete. Mittelbraun – wie Haselnüsse.

„Jetzt kann ich endlich alleine das Grab von Klaus pflegen", beichtete sie dem Pfarrer des Nachbardorfes, der sich wunderte, dass eine alte Frau noch einmal beichten wollte. Dann fiel er in Ohnmacht. Noch nie hatte ihm jemand einen Mord gebeichtet, der dabei auch noch so glücklich wirkte. „Frohes Fest noch und denken Sie an das Beichtgeheimnis".

Mit dem Rollator verließ sie die Kirche. „Frohes Fest Klaus. Schmor' in der Hölle Bärbel."

Amalie hatte nicht mitbekommen, dass der Papst das Fegefeuer abgeschafft hatte.

Weder Kommissar Stein noch sonst eine Polizeidienststelle bekam je etwas von diesem Mord mit. Altersschwäche ist ja kein Verbrechen. Gönnen wir Kommissar Stein doch auch mal ein paar ruhige Weihnachtstage.

Haselnussplätzchen mit leichtem Orangengeschmack

200 g Haselnüsse, fein gerieben, 50 g Mandeln, fein gerieben, 1 gr. Ei, 90 g Zucker, 1 Orange, davon der Abrieb, 1 TL Zimt.

Alle Zutaten gut vermengen, so dass eine formbare Paste entsteht. Mit feuchten Händen walnussgroße Kugeln formen und auf ein mit Backpapier belegtes Blech setzen.

Bei 180 Grad C. ca. 25-30 Minuten lang backen, bis die Oberfläche leicht aufgerissen ist.

Sucht

Carola war süchtig. Sie wusste es, gab es nicht zu und wollte es auch nicht glauben.

Und jetzt wurde es wieder richtig heftig mit ihrer Sucht. Jetzt wo sie den Stoff, den sie brauchte, überall vorfand.

Carola war süchtig nach Weihnachtsmännern. Dabei mussten es aber die richtigen Weihnachtsmänner sein. Nicht irgendwelche. Nein, eine Sorte und in einer Größe. Es gab keine Handtasche, in der sie nicht solch einen Weihnachtsmann hatte. Und im Kühlschrank für das Auto hatte sie auch immer welche liegen, damit sie nie in eine Notlage kam.

Es hätte ihr eigentlich klar sein müssen, dass sie süchtig war, denn um diese Zeit kaufte sie kartonweise diese Weihnachtsmänner ein. Ein alter Kühlschrank im Keller diente als Lager, wenigstens für die wärmeren Monate. Ansonsten standen die armen Schokoladenkerle im Keller und in einem Schrank in der Küche, ganz abgesehen von dem Fach im Wohnzimmer und der Stelle im Schlafzimmer wo früher ihre Unterwäsche gelegen hatte. Nur im Bad fanden sich keine Saisonartikel aus Schokolade.

Innerhalb der letzten zehn Jahre hatte sie genau herausgefunden, wie viele dieser rot gekleideten Typen sie brauchte. Sie wusste, dass es mindesten 2,45 x 365 sein mussten Das waren immerhin 895 Stück. Die brauchten ihren Platz. Jetzt war die Zeit gekommen, wo sie die Leerstellen wieder besetzen konnte und musste. Sie bekam Schweißausbrüche, wenn sie zum Großmarkt fuhr. Inzwischen bestellte sie die Männer vor, da wurde es auch vom Preis her günstiger.

Sie beruhigte sich immer, dass sie ja nicht rauchen würde und auch keinen Schuhtick hatte. Beides wäre sicher teurer gewesen.

Sie kam am Großmarkt an. An der Kasse kontrollierte sie die Ware.

Was war das? Das waren nicht ihre Weihnachtsmänner! Diese hatten keinen Tannenzweig in der Hand, bzw. auf die Folie geklebt. Diese hatten nur einen aufgedruckten Tannenzweig. Von ihrem Telefon aus rief sie beim Hersteller an. Es dauerte eine Weile, bis sie den Verantwortlichen aus der Produktion sprechen konnte. Ihr wurde kurz und schmerzlos mitgeteilt, dass man aus Kostengründen den Zweig jetzt aufdrucken würde. Anders ginge es bei dem Preiskampf nicht. Und was wäre schon dabei?

Was wäre schon dabei? Carola fiel fast in Ohnmacht. Aber was blieb ihr übrig? Sie nahm die Ware erst einmal ab. Doch die Männer schmeckten ihr nicht. Es waren nicht ihre Weihnachtsmänner. Zuerst begann sie zu zittern, dann lief sie nervös umher, räumte von hier nach da und versuchte wieder einen Mann herunter zu würgen. Bis sie auf einen alten Osterhasen stieß.

Seit dieser Zeit ist sie auf der Suche nach diesem Osterhasen. Dumm nur, dass es Weihnachtszeit war.

Inhaltsverzeichnis

Wollen Sie mehr Geschichten, schreiben Sie mir.
Ich freue mich.

Richtige Kriminalromane gibt es aus der Serie:
Kommissar Stein und ….
von Peter-Wolfgang Klose

Mein Tipp für Sie: Morden Sie nicht, es gibt nicht den perfekten Mord. Na jedenfalls nicht den ganz perfekten Mord, denn den kennt nur…..

irgendwie ist mir so schlecht. Ob wohl irgendetwas mit der Nudelsauce nicht stimmte, die mir mein Bruder gemacht hat. Er ist doch mein einziger Verwandter und wird eh einmal alles erben……